CLÉMENT MARCHAND

Il est né en 1912 à Sainte-Geneviève-de-Batiscan. Très tôt, il donne des poèmes et des récits aux journaux et revues qui comptaient à l'époque. À l'âge de 21 ans, il est copropriétaire du Bien public, *journal dont il est aussi le rédacteur en chef. Il devient bientôt propriétaire d'une imprimerie, puis le voici éditeur. Il publie plusieurs centaines d'ouvrages. Parmi ses auteurs : Gérald Godin et Jacques Ferron. Sa vie est toute consacrée à l'action, à l'animation sociale et culturelle et aux affaires, mais il est aussi amateur et collectionneur d'art, de vins et de voitures sport. Dans ses entreprises, il est toujours plus soucieux de « la gloire des autres » que d'établir sa propre place dans la littérature. Il a obtenu deux fois le Prix David : en 1939, pour* Les soirs rouges *et en 1942, pour* Courriers des villages. *Clément Marchand vit et écrit à Trois-Rivières.*

COURRIERS DES VILLAGES

Le sévère pamphlétaire Valdombre (Claude-Henri Grignon) dit de Clément Marchand qu'il est « l'auteur du plus *beau* livre qui honore nos lettres et qui suffit peut-être, à lui seul, à laver beaucoup de sottises et de saletés, tout en sauvant la réputation d'un petit peuple qui n'a pas encore accepté de mourir ». Ce recueil de nouvelles obtint un très grand succès de critique et de vente lors de sa parution en 1941. Il n'avait pas été réédité depuis. Vingt-huit nouvelles. Des portraits, de la caricature : le « bégueux » Osias doit chanter pour arriver à dire ce qu'il pense ; un contrebandier de « bagosse » est trahi par l'ivresse de ses cochons. De la tendresse, de la poésie : « Les hommes, comme la végétation de la terre, ne conservent pas longtemps leur place dans l'ensoleillement du bonheur ».

Valdombre proclamait en 1941 « qu'il nous est né un écrivain véritable, un poète authentique ». Québec 10/10 répare un trop long oubli. Découvrez ce tout jeune, ce tout frais écrivain : Clément Marchand.

Courriers
des villages

La collection **Québec 10/10** *est publiée*
sous la direction de Roch Carrier.

L'illustration de la page couverture a été réalisée par Suzanne Brind'Amour
à partir d'un bois gravé exécuté par Rodolphe Duguay.

Texte revu par l'auteur.

Éditeur : Éditions internationales Alain Stanké
© Clément Marchand, 1940

ISBN : 2-7604-0257-6

Dépôt légal : troisième trimestre 1985

Imprimé au Canada

Clément Marchand
Courriers
des villages

Préface de Jean Royer

Clément Marchand
Prix David 1942

Bois gravés de Rodolphe Duguay

Stanké   contes

PRÉFACE

Le verbe haut d'un solitaire

Clément Marchand reste un des acteurs importants de notre histoire littéraire. Poète et conteur acclamé très jeune, il refuse la gloire et se fait journaliste-éditeur. L'homme d'action avait besoin d'un certain silence pour rester libre. Après avoir écrit dans les années 1930 ses deux seuls livres publiés, *Les soirs rouges* et *Courriers des villages,* qui lui ont valu le Prix David en 1939 puis en 1942, il est devenu l'éditeur du journal et des éditions du *Bien public* à Trois-Rivières jusque dans les années 1980.

Né en 1912, la même année que Saint-Denys-Garneau, Clément Marchand devient à l'âge de dix-sept ans l'espoir de la nouvelle poésie canadienne-française. Le jeune et brillant étudiant du Séminaire de Trois-Rivières est encouragé par le principal animateur littéraire du temps, Alfred Desrochers, chez qui il se retrouve souvent à Sherbrooke en compagnie de Robert Choquette,

Éva Sénécal, Jovette Bernier, Louis Dantin, Jean-Charles Harvey et quelques autres.

C'est la fin d'une époque. Desrochers et Choquette font triompher la prosodie traditionnelle. Saint-Denys-Garneau fera basculer la poésie dans le vingtième siècle avec les vers libres de ses *Regards et jeux dans l'espace*. Clément Marchand, lui, avait tout juste eu le temps de changer l'optique de notre littérature paysanne.

Dans *Les soirs rouges*, le poète prend parti pour l'homme québécois, ce paysan déraciné devenu un ouvrier exploité en ville par le capital. Ces cris de révolte engageaient déjà notre littérature dans une volonté de la maîtrise du destin québécois. Ces poèmes étaient les premiers à mettre en scène les prolétaires d'ici.

Dans les nouvelles et chroniques de *Courriers des villages*, le conteur observe la fin d'un monde. Non plus à travers les clichés de l'école « agriculturiste » mais selon le regard du citadin qui vit en face de l'ancien terrien. Ces tableaux de la vie rurale ne ressemblent pas à ceux d'Adjutor Rivard. Clément Marchand décrit sans embellir, il regarde un passé révolu. Le poète avait lu Francis Jammes et Jean Giono. Il rêvait de sauter les clôtures et de porter notre littérature ailleurs que dans sa nostalgie traditionnelle.

Clément Marchand a toujours été un poète de l'action. Ne nous méprenons pas sur son silence. S'il n'a pas publié beaucoup, il n'a cependant jamais cessé d'écrire. Surtout ce solitaire, s'il est un grand animateur de la vie littéraire et culturelle en Mauricie, reste un des esprits les plus lucides et critiques de sa génération.

Avec sa tête qui le fait ressembler à Jean Cocteau, avec son bel et franc parler, avec sa curiosité intellectuelle insatiable et son humour généreux, Clément Marchand, comme un de ses personnages, possède « le verbe haut des solitaires ».

Je l'ai rencontré pour la première fois en 1977 dans son bureau de l'imprimerie du *Bien public,* parmi deux cents tonnes de plomb, deux linotypes, une presse à sauterelle et une rotative. L'homme était heureux. C'est là que durant quarante ans il avait dirigé (et écrit) le journal pro-syndical *Le Bien public.* C'est là qu'il avait fait paraître aux éditions du même nom plus de trois cents titres dont les premiers livres de Gérald Godin, Yves Préfontaine, Suzanne Paradis, entre autres. C'est là aussi qu'il aimait se retrouver le soir, seul et tranquille, pour travailler parmi l'odeur des plombs d'une autre époque de l'imprimerie : « Ici, c'est plein de vie et de personnages, les idées circulent. Il y a un dialogue avec ce qu'on imprime, m'avait confié Clément Marchand. Ici, je viens goûter la paix des machines. Elles se reposent comme des hommes, comme des bêtes après leur journée. »

La fin du village

En publiant *Courriers des villages,* à l'âge de vingt ans, Clément Marchand s'imposait comme un écrivain moderne qui détonnait dans la grisaille et la nostalgie des années 1930. Il observait la fin du village. Mais les chantres de la vie rurale n'ont rien vu que des descriptions hautes en couleur et une écriture de burin. « C'est un style neuf au pays des vieilleries littéraires », note Maurice Laporte dans *Le Jour.* « Un beau chef-d'œuvre canadien, écrit autrement qu'en iroquois », s'exclame l'abbé Émile Bégin. De son côté, Claude-Henri Grignon, alias Valdombre, crie au chef-d'œuvre mais en s'empressant de récupérer l'œuvre : il la réduit à sa propre conception d'une littérature régionaliste et rurale.

Aujourd'hui, on voit mieux la place de *Courriers des villages* dans notre littérature. Le professeur et critique Réjean Beaudoin, au cours d'une émission de la série *Relecture* à Radio-Canada en 1981, a bien défini l'importance de l'œuvre : « L'écriture ferme et narquoise de l'excellent chroniqueur des *Courriers,* sa prose exacte et un rien désobligeante tendaient plutôt vers l'ironie que vers la consolation des valeurs rurales. Ce qui mobilisait son attention si aiguë portée au moindre signe d'un univers finissant, c'était justement la fin du village, son éternité n'était aperçue qu'à la trouble évidence de sa disparition et de son enlisement tragique dans le mutisme et la routine. La vision de ce livre désabusé pointait vers l'avenir ou plutôt vers l'inquiétude de l'avenir, c'est-à-dire

dans un sens tout opposé à celui qui faisait l'attendrissement ému et nostalgique d'un bon nombre de ses
lecteurs, car ces pages n'appartiennent au terroir que pour
s'en détacher, avec tout ce que cela implique bien sûr de
respect et de lucidité. Moins blasphématoire que celle
d'Albert Laberge, moins lyrique aussi que celle de
Guèvremont, moins cynique que celle de Ringuet, la
voix de Clément Marchand articulait une parole aux
accents plus subtils qui trouva peu de résonances dans la
mentalité de l'époque, en dépit de la bénédiction critique, peut-être plus réductrice que véritablement perspicace. On s'empressa de louer pour ne pas avoir à lire
un message qui eût pu troubler, qui de fait interrogeait
profondément », conclut Réjean Beaudoin.

Jacques Ferron sera un des premiers à reconnaître
la valeur de *Courriers des villages* quand il dédiera à Clément
Marchand sa *Saint-Élias*. Ce conteur d'un « pays incertain » avait peut-être compris aussi le silence du poète
qui, après *Courriers* et *Les soirs rouges,* a tenu à conserver
pour lui ses inédits.

D'ailleurs ce silence, remarque avec justesse Réjean
Beaudoin, correspond au thème principal de l'œuvre de
Clément Marchand, c'est-à-dire le village, « espace tant
social que naturel scruté par l'écrivain à sa manière à la
fois pudique et très intérieurement mûrie ».

« Le village, poursuit Réjean Beaudoin, concentre
sous une forme apparemment simple la complexité
humaine d'une communauté reliée à la terre et au ciel.
La poésie du village, c'est qu'il est en même temps fixe

et mobile, bavard et taciturne, modeste et obséquieux.
Il est fait d'un mélange de science antique et de sauvagerie
moderne à l'approche des nouveaux usagers introduits
par la proximité de l'urbanisme industriel. Les personnages des *Courriers des villages* vivent dans une espèce
d'indécision qui les assimile à des ombres ou à des
silhouettes. Ce ne sont pas des acteurs historiques ni des
consciences malheureuses, mais des rêveurs entêtés qui
ne semblent retrouver l'intégrité de leur force physique
que pour s'identifier à la substance de leur monde dans
un état voisin de la symbiose, c'est-à-dire toujours proche
de la mort. Ce n'est donc pas par hasard si le livre
commence par « La boucherie » et s'il s'achève par le
séisme quasi fantastique qui menace d'engloutir le hameau
(« Une nuit sur la colline »). Entre ces deux événements,
l'un domestique, l'autre eschatologique, la description
sourde ou violente s'inscrit en une multitude de signes.
S'il est immuable dans l'espace et ancré à ses habitudes
ancestrales, le village apparaît par ailleurs à la dérive et
comme travaillé d'un instinct rebelle qui le soulève à la
moindre occasion. »

    Ainsi « le poète est un savant de l'homme », m'a
bien dit un jour Clément Marchand, qui interroge son
temps et le nôtre.

                                        Jean ROYER

RUSTIQUE *sabot déniché sous la bure nitreuse d'un vieux bahut, un jour que je m'étais aventuré sous les combles, sabot grossier, couleur de glèbe, qui portes l'empreinte des coutumes ensoleillées d'autrefois, donne-moi d'évoquer ici la vie de mes aïeux dans sa vive couleur.*

Emblème d'un âge dont les travaux étaient tout de soleil, d'âpre conquête et de chansons, sabot issu de la plus humble paysannerie, l'émouvant est que tu partageas avec elle le mérite obscur de nos premiers sillons et que ta relique m'est soudain apparue parmi tant d'incolores vieilleries.

Quel habile paysan dégagea ton galbe élémentaire à même la bûche de hêtre et lui donna une aussi austère utilité ? Nul ne le sait plus, sinon tes contemporains relégués dans les ravalements, humbles témoins des temps révolus, sinon ce rouet boiteux qui a cessé de geindre ou ce métier tordu aux montures évidées.

Ô sabot poudreux, ta simple vue me révèle la vie des anciens jours avec ses débuts précaires, ses combats sans gloire et la courbe lente de son progrès. En ta forme incurvée je retrouve les lois de prudence, de sobriété et de courage qui la façonnèrent. Je vois aussi mes ancêtres, solides piliers de race, construisant la maison dans une clairière et labourant le sol dans lequel ils l'ont ancrée.

Ô sabot vétuste, j'admire ton désir de survivre avec cet imaginaire qui se cache en toi et je veux que, semblable à quelque reliquaire évocatoire, t'illuminant soudain des soleillées anciennes, tu me rappelles l'histoire des anciens maîtres.

Guêtré, sanglé, petit soldat du Roy, ayant ouï raconter par de vieux loups de mer, le soir, à la flambée de l'âtre, la merveilleuse histoire d'une France nouvelle, le fils de la chaumière angevine, le jouvencel des farandoles, accourut de son hameau natal.

Il quitta la métairie au soleil couchant. Un attelage de roussins aiguillonnés par un tâcheron, hart à la main, traçait le sillon ocré dans cette terre mille fois mère. Une forte senteur d'humus s'évaporait de la glèbe écorchée par le soc. Et dans cette fin de jour, le doux ciel angevin était laqué de vermillon.

Il troussa sur son dos le rugueux havresac. Sans verser une larme, car il était d'une nature bien trempée, il embrassa tous ceux de la maison. Puis emportant en bonne place le souvenir de leur visage, la leçon de leur sagesse, la ligne de leurs toits et la façon de leurs travaux, il s'en fut prendre le coche à l'auberge du village.

Seul, détaché des siens, mais ayant déjà en tête le dessin de toute sa vie, il se sentait viril et défendu contre toute lâcheté du cœur. Au deuxième jour de route, son itinéraire n'étant plus le même, il laissa le coche pour prendre une monture. Et tout le jour, par les chemins creux, traversant les hameaux à la bonne allure d'un cheval de relais, et toute la nuit au bleu de lune, par sentes et sentiers, au long des champs de bure, le futur fondateur d'une lignée chevaucha vers la France nouvelle.

Baigné de lumière matinale, voici Saint-Malo et ses dômes vieillots. Les fenêtres mansardées s'éveillent au son des cloches monacales. Sur la chaussée déserte résonne le galop du chevalier du guet. De loin monte la rumeur des estaminets en bordure des quais. Voici l'auberge à relais, le rubicond hôtelier et les matelots accoudés devant des pichets de vin. Voici le havre que la mer bat de ses vagues, et, juchés sur des ballots de varech et de sel, les rudes marins qui vont partir.

Ce matin le débarcadère est tout animé. Les chevaux piaffent sous les branlants appentis et l'éclatant juron des gabariers domine le fracas des felouques ballottées au goulet de la rade.

Une caravelle va bientôt partir vers un pays de songe, vierge encore, qu'on dit arrosé de fleuves géants et habillé de forêts bruissantes. La vieille France envoie sa contribution humaine, sa réserve d'aventure, ses économies de bon sens et de courage à la Nouvelle-France.

Et le brave gars s'est embarqué avec ses paquets de hardes au bras, un peu triste de se sentir détaché de la chaîne familiale, mais content de son audace et l'esprit déjà tourné vers les mirages de l'inconnu. Les angélus oscillaient dans les clochers ajourés. L'océan, effleuré par des voilures de goélettes, étalait au midi sa masse nerveuse et poudrée d'or.

Le trois-mâts le berça sur les flots, tandis qu'à la chaumière natale, au frais des contrevents, père, mère, enfants, dans le songe du petit soldat, rompaient sur la table rustique le pain de la terre angevine.

Dans la nuit des rayons poussiéreux, entre les cuirs écussonnés et les rugueuses pages cadastrales, les noms d'ancêtres, — ceux des baptêmes et des épousailles —, se fanent maintenant dans l'oubli.

Les lourds registres bruns et ces papiers d'intendance historiés d'armes vieillottes sont comme l'ossuaire où le passé s'est réfugié.

Pages rouillées et paraphées à l'encre pâlie, ennoblies par le seing compliqué des seigneurs, — mieux que les dires et les légendes —, elles attestent la lignée de souche angevine qui, depuis l'ère des fiefs, fleurit et refleurit en gerbes paysannes.

Car ils furent, laboureurs et métayers, ceux qui avec un nom de France nous léguèrent une tradition d'honneur et de gaîté, ceux qui nous transmirent des muscles nerveux et une tête raisonneuse. Et c'est dans l'allégresse du courage que leurs bras taillèrent à même la forêt les domaines patrimoniaux.

Leur rêve était la conquête. En leurs fibres tressaillaient la force et l'impatience constructrices. Les grands pins, maîtres du Nouveau Monde, tombèrent sous le vol tourbillonnant de leurs cognées. Et maintenant, où, pendant des millénaires, s'étaient ramifiés les arbres ligneux, un toit s'avère, en plein terroir, comme un îlot à travers les vagues moutonnantes d'épis.

Je les évoque et les recrée en moi, ces rudes ancêtres, ces mécontents de l'horizon natal, eux qui, méprisant les situations de tout repos, sont venus dans un pays où les attendaient le risque et l'aventure. Ils revivent en moi. Et les voici, enveloppés de sombres falbalas ; ils s'acheminent recrus de fatigue, le masque las, vers une fumée toute blanche parmi les ombres du soir. Leur voix sourde émeut le calme des choses ; et c'est le miracle du blé qui surgit là-bas, derrière eux, au creux des combes où les premières gerbes s'agenouillent.

Et les actives femmes en robes d'indienne ! C'est leur profil austère qui renaît dans l'entrebaillement des portes. Elles ont d'humbles figures dont les soucis ont fané les charmes, souvent ravinées par l'inquiétude, amaigries, mais d'où s'irradie la flamme du regard. Douces et fécondes mères dont l'âme forte et le renoncement constituaient les assises des foyers nouveaux.

Ô captivante imagerie de cet âge de légende, villages apparus à l'orée des forêts, permanente alacrité des travaux de la terre, routes claires comme des coulées de soleil, sentiers de glaise dure résonnant sous la foulée des troupeaux, maisons en pierre des champs solidement assises sur des traditions éprouvées, ayant perron d'honneur et pignon sur le chemin du roi, ô passé encore chaud de présence et de vie, puisses-tu, avant que ne te recouvrent les strates de l'histoire, renaître un peu par le truchement des mots et, de ton écharpe aux reflets changeants, secouer une poussière de soleil sur cet âge angoissé où sévit le Progrès.

**
*

Une voix sonne.

L'entends-tu, voyageur au cœur las, qui chemines à l'affût des ombres ancestrales ?

Une voix des anciens jours émeut le calme de la ferme. C'est comme si soudain les choses renaissaient, comme si le vieux bien reprenait son visage de soleil.

Une voix sonne clair dans le tranquille crépuscule. On dirait qu'une soudaine activité, une vie pleine de relief, va remplacer le sommeil. Une voix des anciens jours... Et l'étable falotte aux carreaux de soleil et les granges qu'autrefois gonflaient les orges mûres rendent soudain l'accent de vie des anciens jours. Est-ce la chanson de Firmin qu'on engageait pour le temps des labours ? Serait-ce enfin le réveil des choses mortes ? N'entends-tu pas grincer les portes, et crier les poulies et gémir les citernes, et s'animer soudain toute la ferme ?

Une voix gaillarde sonne.

Sur la paille des litières, les bœufs roux s'endorment. Le jeune bétail secoue les ridelles. Il m'a semblé voir le profil d'une présence dans la clarté confuse... Crépuscule. Les ombres s'embusquent dans la cour et les carreaux des étables vieillottes s'éteignent, au son de cette voix dont s'émeut le soir d'automne.

L'entends-tu bien ? C'est la voix de l'autrefois, la même qui charmait les soirs de ton enfance, la même qui semait par tout l'ancien domaine la sereine émotion des cantilènes. Elle sonne tandis qu'en le creux des ornières le sang des soirs s'égoutte. Et voici qu'avec les ombres, sur la route, un mendiant se traîne, le même qui jadis — après de longs chemins parcourus dans le noir — heurtait au seuil de la ferme, le soir, le seuil feutré d'ennui et qu'ont terni les deuils.

LA BOUCHERIE

Ce soir, on égorge le verrat. Toute la ferme, moins calme qu'à l'ordinaire, attend le moment. Les gens s'affairent. Dans l'étable, Fonse, le fermier, Marie-Anne, sa femme, et la fille Victoire achèvent la traite. Assis à même le perron du fournil, Nestor, l'air chafouin sous la casquette de drap huileux, affûte de grands coutelas et moi, au beau milieu de la cour, j'attise le feu au-dessus duquel l'eau commence à bouillir dans l'énorme chaudron de fer.

— Ah ! que je me dis, ses minutes sont comptées à celui-là ! Pauvre verrat !

Pendant une seconde, je m'attendris sur son sort et puis je vais le voir. Il est affalé dans la mare de purin. Seule la tête est au sec. Le purin est devenu son habitude depuis une quinzaine. Fonse, qui a bien remarqué ce signe, me disait hier :

— À ce que je vois, le verrat est à point.

Pour Fonse, cette remarque se confond avec le déclic mental qui décide l'exécution d'un porc. Fonse prétend

que le lard n'a vraiment ce goût recherché de l'amande
que lorsque le sujet a été abattu en plein bonheur.

— Hé oui ! que je pense, c'est bien mérité ! Le
voilà gras et dur, le souffle court, l'œil cynique et il n'a
plus que le goût de se vautrer dans son purin.

Plus discret dans sa béatitude porcine, il eût peut-
être dérouté les calculs du maître. Mais là, il se croit
autorisé à prendre des allures de viveur parmi ceux qui
peinent, à étaler devant les autres animaux les performances d'un bien-être insulteur. Dès qu'un cochon a fait
un jaloux sur la ferme, il est perdu. Si les cochons n'étaient
pas que des malappris on ne les verrait pas, sitôt engraissés,
imiter la rondeur blette des bourgeois.

Il gît devant moi, effondré dans sa crasse.

— Méchant verrat, que je me dis, tu m'as fait assez
courir quand tu allais fouillonner le carré des choux !
Avec tes allées et venues déconcertantes, plus moyen de
te pousser dans la soue. À la fin, il fallait alerter tout le
monde pour déjouer tes finasseries.

Mais je veux oublier toutes ces mauvaises façons
qui, après tout, étaient l'indice d'un bon naturel, pour
ne considérer en lui, hélas ! que la pauvre bête à boucherie. Il est là, le dos rose et la panse maculée. Ses jarrets
sont détendus dans une pose bienheureuse. De la nappe
verte émerge sa courte et vivace queue tirebouchonnée.
La frange des cils tamise les reflets de l'œil entrouvert.

Évidemment, il ne se doute de rien. Dans quelques
minutes il va se lever sur ses pattes, s'étirer et s'avancer
d'un pas confiant vers l'auge.

— Après tout, que je pense encore, c'est une honnête gueule de cochon. Bien dommage que nous ne soyons pas tous végétariens !

Je fixe sa gorge inerte. J'entends les crissements de la lime sur les couteaux. Je pense à Nestor qui met un soin diabolique à sa tâche, à Fonse qui évalue les profits de la vente, à l'échaudoir que j'ai calfaté cette après-midi, à Magloire et à Alphée qui vont venir prêter main forte. Je songe à cette affreuse rigolade quand le verrat sera terrassé et que le fer lui pénétrera jusqu'à la carotide. Et je sens que ça m'élance dans le cou. C'est comme si une lame mince s'enfonçait. Tiens, si je pouvais l'avertir du danger, l'aider à fuir dans l'abatis !

Je m'approche de ces trois cents livres de viande et je me mets à flatter le dos gras hérissé d'un poil long et rare. La paupière s'ouvre, laissant voir un petit œil humain plein de contentement et de jouissance.

— Il n'a plus rien à attendre de la vie, si je le grattais ! Il adore se faire gratter, surtout aux endroits difficiles qu'il n'atteint jamais.

Et je me mets à lui passer les ongles derrière les oreilles, sur l'échinée, sous les aisselles. Oh ! qu'il se sent bien !

Il ouvre des yeux bien ronds pour contempler ce riche crépuscule de septembre qui sombre derrière les crêtes de l'abatis. Tout le ciel fleuri de nuages carmin se mire dans la rétine de son œil gris-brun. À mesure que je le soulage, un délicieux engourdissement l'envahit, les

paupières frangées de soie s'abaissent sur l'œil chaviré.
Seul surnage, au-dessus du groin immobile, un grognement chaud et satisfait qui fait fumer le crottin poussiéreux.

*
**

Fonse sort de l'étable d'un pas méditatif, en se grat-
tant le cuir chevelu. Depuis que la boucherie est décidée,
il a pris l'aspect surnaturel d'un sacrificateur. Il marche
automatiquement vers le dénouement sanglant de cette
journée qui fut belle et tranquille.

Au coin de la maison, dans un enveloppement de
voix sourdes, la face moricaude sous le chapeau de paille,
les bras ballants, s'amènent Magloire et Alphée, un peu
couleur de choses familières que l'on voit.

Nous voici tous autour du verrat. Comme si son
groin avait pressenti quelque mauvaise saumure, il se
rétracte au sec et nous examine d'un œil surpris sous ses
vastes oreilles dressées. L'expression de son regard est
nettement celle d'un être qui s'apprête à vivre des minutes
difficiles. Il commence à avoir des doutes sur sa sécurité.
Peut-être se souvient-il du petit conciliabule tenu par les
mêmes hommes, certain soir de novembre dernier ? Cela
s'était terminé par l'égorgement d'une immense truie
rouge. Il se remémore les cris lugubres dans la campagne
et ce long corps, pantelant sur l'échelle. Sa mémoire de
porc juxtapose ces souvenirs et, peu à peu, c'est comme
si la lumière se faisait, comme si une atroce certitude
jaillissait de ses doutes.

— On va me tuer pour me charcuter. C'est donc pour moi qu'on aiguisait les couteaux et qu'on se donnait tant de mal à calfater l'échaudoir. Je vois bien maintenant. Je vais devenir galantine, andouilles, rillettes, cervelas, jambon, crépines, foie gras.

Ainsi qu'une lame bleue, la peur lui larde l'échinée. Au point où en sont les choses, au rythme où vont les événements, que tenter ? Ah ! s'il ne s'agissait que d'une transaction ! Il passerait alors en d'autres mains ! Après tout, cela s'est vu qu'un cochon ait été vendu vivant. Il accueille cette hypothèse branlante avec joie. Il a besoin de se reposer sur les mensonges de l'espoir, en face de la réalité menaçante qui se concentre autour de lui et le circonscrit déjà.

Cette minute est longue comme une heure.

Et le verrat, la démarche hypocrite, l'œil en coin, très précautionneusement, se coule dans la porcherie. Aussitôt Fonse s'élance à sa suite et abaisse la trappe. Le tour est joué. Et tout au fond, contre les massifs de pimbina, les gorets roses, immobiles et l'oreille tendue, savent déjà ce qui l'attend.

Fonce lance un cri à Victoire :

— Prépare ton vaisseau pour recueillir le sang.

Et se tournant de notre côté :

— Alphée pis moé on va le poigner par les pattes et le basculer sur le dos. Magloire, tu t'assiras dessus, si tu veux, en lui barrant les jarrets autant que possible. J'pense pas qu'y nous donne d'la misère.

Et nous voilà tous confondus dans le mi-jour de la porcherie. Les hommes sautent dans le carré. Ils s'apprêtent à cerner l'animal dans un coin. C'est alors que le verrat, toute illusion perdue, se met en état de défense. Le groin se retrousse, laissant paraître un long croc jauni. Au moindre geste d'Alphée en qui il a pressenti le plus vif, — finaud, il se balance, trépigne, pivote, avance, recule, lançant des cris aigus. Il déploie toute sa ruse. Tout à coup Fonse bondit dans sa direction. Vivement il se dérobe, commence une série de reculades et de virevoltes déconcertantes par leur imprévu et leur diversité, mais finalement le preste Alphée l'attrape par une oreille, l'immobilise une fraction de seconde, tandis que Fonse l'empoigne par une patte, puis par l'autre et, dans un brusque soulèvement, le bascule sur le dos.

— Vite, la ficelle, crie Fonse, remué comme une mitaine sur l'épaule du verrat. Tiens-lui ben les jarrets, toé Alphée. Magloire, es-tu bon pour lui passer la corde dans la gueule ?

Fonse parle mi-haut, mi-bas et c'est à peine si on entend le son de sa parole, tant la victime se fend la gorge. Pauvre Fonse ! Ces quelques minutes d'alerte lui ont mouillé le front d'une sueur chaude. À son avis la besogne est à moitié faite. On est à cheval sur cette masse de viande musculeuse qui se voue à toutes sortes de torsions et de coups dangereux.

— Laissons-lé gigoter à son soûl, s'écrie Magloire. Gras comme y est, y va vite s'essouffler.

Et de ruer et de propager par toute la campagne cette peur animale et angoissante de la mort qui pétrit de crainte les animaux de la ferme et arrache aux chiens du voisinage des hurlements sinistres. Mais les ruades perdent bientôt en rapidité et en vigueur. Profitant d'une accalmie, Magloire lui passe le nœuf gordien dans la gueule baveuse.

— Nestor, commande Fonse, apporte le couteau et approche pour recueillir le sang, p'tit peureux !

Et Fonse promène un doigt expert sur la gorge spasmodique, pour indiquer le chemin du couteau. Il y a un endroit, un seul, pour une prompte et abondante saignée. Il faut trancher la carotide d'une seule lancée. Nous sommes tous un peu troublés par la minute de silence et d'apaisement qui précède l'égorgement. Le souffle court, les flancs secoués, la paupière lasse, le verrat s'efforce de reprendre haleine dans l'espoir de se débarrasser des masses d'hommes qui l'oppressent, à l'épaule et au ventre. Fonse en profite pour appliquer la blanche lame sur la gorge. D'un coup vigoureux il l'enfonce dans la chair tremblante, cependant qu'un jaillissement pourpre monte jusqu'à la garde du couteau et éclabousse son poignet. Brûlé par la douleur qui l'atteint dans ses œuvres vives, le verrat lance un grand cri déchirant qui fait mal, tant il ressemble, en s'apaisant, à un cri humain. Nestor est là qui reçoit le sang dans la poêle. Il jaillit en flots chauds et bouillonnants comme d'une source intarissable. C'est du sang vivant, formé de bouillons et parcouru de filaments sombres. Pendant que l'animal se débat dans un suprême effort de l'instinct, Fonse lui tourne le couteau dans la plaie profonde par où la vie s'écoule, saisie en toute sa vivace plénitude.

Dans une mare de sang coagulé, le verrat s'épuise en ruades vaines, perdant vigueur et haleine à mesure qu'en sa veine dégonglée se tarit l'afflux vital. Peu à peu la lueur de l'œil s'adoucit sous la paupière. Le regard s'éteint. Il mire une dernière fois par l'embrasure de la porte l'aspect familier des étables que le crépuscule enveloppe d'une lumière dorée. La gueule meurtrie à la corde est fleurie d'une bave blanche qui fait de petites bulles.

Quand Fonse, ensanglanté jusqu'à l'épaule, retire le couteau, le verrat se contracte dans un dernier spasme et s'étale inerte. Les chiens affolés viennent d'entrer pour lécher les caillots de sang.

ESQUISSE D'UN BESTIAIRE

VISITE AU SOLITAIRE

Quand le petit village s'assoupit sous le cercle tranquille des lampes, nous prenons par le sentier herbu qui conduit à la maison de Guillaume Le Pelé.

— Il doit veiller à la noirceur, me dit mon compagnon. Tu vas voir comme il est méfiant.

Nous cheminons à la lisière d'un boqueteau qu'argente la lune. Après dix minutes de marche, le toit de Guillaume Le Pelé nous apparaît dans la confuse clarté de la nuit. Aucune lueur aux persiennes. Pas un bruit que le grognement d'un chien hargneux sous le perron. C'est une vieille demeure en retrait, toute cernée de sombres masures. Dans la cour, mon œil parvient à discerner un cordon de bois, une immense roue surmontée d'un oiseau taciturne et puis, vers l'étable, un amas de ferraille sur lequel se pelotonne un chat blanc.

Mon compagnon, Nicolas Therrien, heurte à l'huis d'un poing vigoureux. Deux minutes de silence s'écoulent, puis à l'intérieur une voix sourde interroge :

— Qui va là ?

— C'est Nicolas Therrien. Ouvre donc, sacré peureux !

— Ah ! c'est toi Nicolas. Es-tu tout seul ?

— Non, je suis avec un ami.

Cet échange de phrases paraît rassurer Le Pelé qui vient mettre son nez au judas pour s'assurer de ceux qui vont entrer.

— Bonsoir, Guillaume. Il fait noir comme dans le trou d'une taupe chez vous, dit Nicolas Therrien.

— Quand on est tout seul, répond Guillaume, c'est toujours mieux de veiller à la lueur des étoiles. Comme ça, on craint pas d'être reluqué par les maraudeurs.

Tout en énumérant ses raisons, il tâtonne dans un bahut d'où il retire un lumignon.

— Tiens, Nicolas, boute-moi le feu à ça.

Sous le vacillant éclairage qui promène ses lueurs floues sur les murs, Guillaume Le Pelé m'apparaît : vieux garçon dans la cinquantaine, au long corps maigre taillé dans la dure et juché sur des jambes grêles qui font penser à des échasses. Il est gêné d'avoir été surpris en son particulier, et son visage, qu'assombrit la casquette tirée sur l'œil, porte encore les traces des pensées qui l'agitaient quelques minutes plus tôt.

Après les présentations, il se rassoit, recroquevillé dans un maintien effacé. Au coin du monumental poêle de fonte, se dessine l'angle de son corps sous l'étoffe rêche de la vareuse. Il a le verbe haut des solitaires et, comme tous ceux qui ont perdu l'habitude du devis, il cherche ses mots. Il parle du gouvernement en termes confus et avec un certain respect, comme s'il craignait l'intervention subite de cette personne sociale, si arbitraire dans ses façons d'agir.

— J'ai entendu dire que Théobald Toutant s'était fait ôter sa terre par le gouvernement. Ils ont vendu ses vaches et son roulant. Mais la terre, ils l'ont gardée pour eux autres...

Sans transition il passe à la question des hommes de loi. Il a eu des démêlés avec eux, rapport à sa terre à bois dont les limites étaient mal définies. Depuis, il se défie du papier timbré et sa phobie des notaires va loin. Tous ces êtres qui s'occupent de l'ordre et de la justice lui apparaissent comme des sommaires justiciers exerçant sur la vie des honnêtes gens un pouvoir discrétionnaire.

Il s'échauffe, lève ses longues mains, les agite désespérément. Il ressemble à un vieil oiseau de proie et, sur la cloison, l'ombre de sa tête évoque un profil de vautour. La pièce où nous veillons est de petite façon et tout encombrée de coffres et d'armoires enfumés. C'est là qu'il use ses soirées, toujours en proie à quelques idées fixes qui finissent par lui détraquer la cervelle.

Il parle de son chien, nommé Prince, qui est venu se blottir près du poêle.

— Voyez ses grandes oreilles molles qui lui battent la gueule, regardez s'il a le corps long et corsé, et ces taches de noir. L'autre jour quelqu'un m'a dit que ça devait être un chien épatant pour la chasse à la perdrix. J'ai pas de misère à le croire ; ce grand bonguienne-là est toujours à la sucrerie. Il part de bon matin et ne revient que le soir. Des fois qu'il est parti toute une semaine. Il revient tout efflanqué de ses randonnées.

Tenez, il a le poil usé sur les hanches. Eh ben ! il se l'est usé à courir le bois, à travers les talles.

Il s'interrompt pour allumer sa pipe, puis continue :

— Mon Prince avait un compagnon, un grand chien à poil ras qui s'était réfugié dans ma grange, un hiver. Ils étaient vite devenus des amis. Ils allaient ensemble aux vaches, ça courait dans le bois et, même, on les disait chiens à moutons. Le soir, ça rongeait quasiment après le même os, puis, à la nuit, ça se couchait l'un contre l'autre sous mon perron. C'était une vraie paire de copains ! Et voilà qu'un bon matin une auto passe en trombe et m'écrase mon chien truand. Prince vient m'en prévenir par des petits hurlements qui ressemblaient à des plaintes. Je me rends sur les lieux : il était tout éventré. Ha ! c'était pas beau à voir ! Je le plème, je tanne la peau, et je l'étends sur le plancher près de mon lit. Un an passe et voilà qu'un jour Prince s'aventure à ma suite dans les combles où je couche. Il regarde la peau, s'en approche, la sent puis se couche dessus en gémissant. Ses effusions ont duré dix minutes. Quelques jours après, devant Petit-Fanfan, j'ai voulu répéter l'expérience, mais mon Prince ne flaira même pas la peau. Là s'arrêtait sa reconnaissance de chien.

Il effleure bien d'autres sujets, celui des femmes par exemple. Il explique qu'une femme est un grand bienfait dans une maison et que l'homme qui en possède une est un privilégié. Pour lui, il se juge indigne de toute attention féminine à cause de sa nature ingrate à tout point de vue. J'admire cette évaluation restrictive qui va jusqu'à prétendre que les hommes ne méritent pas tous de se marier, les uns étant trop laids à voir, les autres trop insignifiants à vivre.

La pensée qui revient le plus souvent sur ses lèvres est qu'un jour nous allons tous être réduits à la besace. Nous mendierons notre pain par les chemins, car la richesse est instable, et il est dans le pouvoir des hommes de loi de nous en départir, quand bon leur semble.

Nous sommes partis vers la minuit. Guillaume Le Pelé nous a accompagnés sur le perron en poursuivant son discours et en citant de plus en plus fréquemment le témoignage des anciens qui, selon lui, ont prédit la mendicité à notre génération. Quand nous nous fûmes éloignés, il parlait encore et ses paroles se perdaient dans la nuit.

Long sur ses jambes grelettes et le torse drapé d'un ample veston, Guillaume Le Pelé avait l'air d'un héron ahuri quand, le dimanche, après la messe, il fendait, tête baissée, l'attroupement des fidèles sur le perron de l'église.

D'un pas déhanché, il s'éloignait du côté de sa maison. Il paraissait gêné de son corps et ne savait trop quel maintien lui donner sous l'œil malin des rustaudes du village qui en voulaient décidément à son pittoresque célibat. Sans lever les yeux, Guillaume les pressentait, entendait leur fions malicieux, devinait la naïve cruauté de leurs rires.

— Le vent va prendre dans sa voile, disait l'une, faisant allusion aux vagues d'étoffe qui lui battaient les flancs.

— N'en ris pas, grasseyait l'autre. Tu en voudrais bien pour passer la veillée.

Et la raillerie des filles l'escortait de maison en maison. Se croyant reluqué aux fenêtres, le pauvre vieux garçon, tout à son idée fixe, allongeait sur l'herbe ses rapides enjambées. Il lui tardait de disparaître, mais avant que cela fût, l'instinct cruel des mauvais drôles avait déjà prémédité à son sujet quelque tour pendable, dont le joyeux bruit alimenterait les commérages pendant toute la semaine.

Un dimanche le petit Firmin à Thomas Groleau qui, justement, a les cheveux drus et frisés court, le nez camus et la lèvre épaisse, se maquilla en Nègre. Il découvrit dans un coffre du grenier la défroque d'un oncle qui avait été planteur en Louisiane. Nippé de ces oripeaux aux couleurs vives et s'étant accompagné de Nicolas Therrien, de Josaphat Soulanges et de quelques autres farceurs, il s'en fut chez Guillaume à la nuit tombante.

Celui-ci, selon son habitude, dans une austère réclusion, rongeait le vieux frein de sa nature inconsolée. Il était assis sur un banc, en travers de son seuil, quand la bande se présenta.

— Salut, Guillaume, déclama le triste sire Josaphat Soulanges. On t'amène quelqu'un à héberger ; c'est un nègre.

En entendant ces mots, Guillaume émit sous la calotte un petit rire incrédule qu'il prolongea le plus longtemps possible. Car il ne pensait pas que l'individu qu'on lui amenait fût un nègre. Aussi crut-il bon de souligner cette bonne plaisanterie d'un propos bravache dont l'effet serait de montrer sa nature peureuse sous un jour plutôt avantageux.

Cependant, par acquit de conscience, il bouta le feu à son lumignon, dont la lueur lui précisa la vision d'un sinistre personnage au visage noir qui, les bras ballants, devant les autres, semblait déjà avoir pris racine dans son plancher. Guillaume, ahuri, le considéra un moment. Aussitôt son visage se pétrifia, acquit une immobilité verdâtre. Car il croyait en la malice naturelle des nègres, les ragotons du village l'ayant de longtemps accommodé à cette absurdité.

— C'est un nègre en effet, murmura-t-il, sidéré par ce nocturne rôdeur dont la présence sur son seuil symbolisait pour lui le danger à l'état pur. C'est bien un nègre. Ah !

Il y avait dans ce « ah ! » l'aveu d'une peur extrême, agrémentée d'un accès de découragement. Que la vie est donc pénible à vivre si un bon jour on finit par rencontrer un nègre sur son chemin ! Tout en s'en félicitant, il s'était toujours cru jusqu'ici à l'abri de ces êtres noirs comme le charbon de l'enfer. Il interrogea tous les regards puis, ses yeux s'étant posés sur le phénomène, il ne put que constater la profondeur de sa détresse. En une minute, il se vit dans la nuit aux prises avec cet agresseur téné-

breux qui le menaçait de strangulation après l'avoir surpris
en plein sommeil. Son imagination lui présenta d'autres
images, toutes plus terrifiantes les unes que les autres.
Il vivait donc la minute la plus décisive de son existence.

— Alors, c'est entendu, lança subrepticement
Nicolas Therrien, on te laisse le nègre, (monsieur Johnson, c'est son nom), et nous autres, les amis, on va se
coucher. À toi le bonsoir, Guillaume !

En face de la menace qui se matérialisait devant lui,
Le Pelé trouva pourtant l'audace de réagir. D'un bond,
il fut sur ses longues jambes.

— Attendez les gars, supplia-t-il, ne partez pas
comme ça. Songez que ce monsieur Johnson est un étran-
ger… qu'il est un nègre… Pensez-y, je suis un homme
tout seul. Je comprends qu'il faut faire la charité mais,
voyons, les jeunes, vous devriez comprendre, surtout toi,
Josaphat Soulanges, qui lis les journaux.

Ni Soulanges ni les autres ne semblaient comprendre. Ils allaient partir. Guillaume pensa s'évanouir aux
pieds de monsieur Johnson. Mais il lui fallait pourtant
se récuser, se débattre, convaincre Soulanges de la folie
de sa proposition. Pensez-y, héberger un nègre ! Dans
un sursaut d'énergie il s'engagea, le verbe haut et le geste
éloquent, dans une dissertation pleine de subtilités et
coupée de persuasives incidentes.

— C'est impossible, Josaphat, conclut-il d'un ton
désespéré. C'est impossible. Le curé m'a dit d'héberger
personne.

Ce disant, il détaillait d'un œil aigu le travesti de Firmin Groleau, lequel, pour s'empêcher d'éclater, se mordillait nerveusement les lèvres. Au cours de cet examen à la dérobée, son visage avait pris une teinte terreuse.

On eut beau argumenter, montrer la mauvaise publicité que Guillaume retirerait de son refus d'héberger un pauvre passant, rien n'y fit. La discussion aboutit à ce compromis : Guillaume, irréductible dans sa décision première, consentait néanmoins à faire quelque chose pour le nègre. C'est-à-dire qu'il viendrait en compagnie d'eux tous intercéder auprès de Thomas Groleau pour qu'il prêtât l'oreiller au nègre.

Le groupe accepta le compromis. On gagna chez Thomas Groleau. Guillaume, fort énervé, lui tint ce langage qu'il accompagna d'une gesticulation inquiétante.

— Thomas Groleau, on t'amène un nègre. À ce qu'ils racontent, eux autres, (et ce disant, il désignait le consortium de farceurs qui se tenait un peu en retrait de la lumière), il vient de la Louisiane. Ils veulent que je le prenne à coucher, moi... un homme tout seul. Comprends-tu, Thomas ? Tu sais bien que ce serait là une folie qui pourrait me coûter la vie... J'ai pensé que vous pourriez ben risquer icitte, vu que vous êtes trois hommes dans la maison. À trois, s'il veut faire le malcommode, vous pouvez toujours en venir à bout, et au besoin vous n'avez qu'à me lâcher le cri. Je viendrai ben prêter main forte.

À peine Thomas Groleau, qui était dans la manigance, ouvrait-il la bouche, pour trancher la discussion qu'en proie à un incontrôlable effarouchement, Guillaume s'enfuit dans la nuit, du côté de son fournil. Il n'y mit d'ailleurs pas les pieds, mais, rendu absurde et léger par la peur, il s'enfonça à travers champs vers ses coulées. C'est là qu'il passa la nuit, recroquevillé sous un ponton, au bord d'un ruisseau qui faisait un bruit poétique dans la nuit de juin.

•

NAISSANCE DE LA CHANSON

Firmin Groleau, un petit habitant de la Rivière-à-la-Lime, possédait un champ de maïs à l'extrémité de sa terre. Il apportait un soin diligent à la culture de cette plante.

Or un matin, Ozias, son voisin, en revenant de son lopin de la rivière, se dirigea vers le blanchiment de Firmin Groleau qui, suant et soufflant, affûtait des faux en plein soleil.

Ozias, surnommé le Bégueux à dix lieues à la ronde, était, en effet, affligé d'une infirmité redoutable. Il avait l'élocution si difficile qu'au matin de ses noces, dit-on, il n'avait pu, malgré des efforts surhumains, prononcer le oui. Le fatal monosyllabe se tenait dans son gosier, dans les limites du faux-col, et refusait obstinément d'en sortir. Mais ce ne sont peut-être là que ragots de malins.

Quand il allait parler, ou plutôt proférer une sentence, car comme tous les bègues il était de nature sentencieuse et fort abondant en proverbes, sa gorge maigrichonne se dilatait comme la caroncule d'un dindon. Ses yeux malicieux se mettaient à cligner très vivement. Il titillait des lèvres et, les mâchoires suspendues dans une peu commode posture, il commençait :

— Mon, mmon, mmon... Lll, lll, le...

Les phrases commençant par les lettres m, n, l, r et v lui imposaient des halètements particulièrement pénibles. S'il parvenait à vaincre la syllabe initiale, malheur à qui l'écoutait, car il se transformait en un dangereux monologuiste qui, durant des heures, pouvait accabler son patient vis-à-vis de son débit saccadé, sans que l'éclatement de la foudre l'eût dérangé.

Ozias le Bégueux s'arrêta donc devant Firmin. Son visage portait les traces d'un effarement intérieur. Il était évidemment porteur de quelque nouvelle horrible.

— Mm, mm, m'sieu Firmin, vos, vvos, v... Vite ! M'sieu Firmin, vos, vvos, vvvos, v...

Et tout à coup, désespérant de s'exprimer autrement en une circonstance aussi critique, Ozias le Bégueux entonna d'une voix de stentor, sous forme de couplet :

Holà ! monsieur Firmin,
Vos vaches sont dans l'blé-d'Inde. (bis)

C'est ainsi que naquit la chanson.

ADELINE ET CÉLESTIN

Les gens de mon village se souviennent bien de ces deux personnages : Adeline et Célestin, deux noms pleins de poésie, sonnant doux à l'oreille comme des sons de clarines. Deux petits vieillards confits dans le repos et la rêverie, tout crottés et dégageant une forte odeur de colle.

Adeline était basse sur pattes, la croupe trapue, l'encolure robuste, la gorge goitreuse. Son visage aux flasques méplats était garni de poils grisonnants et se terminait par un menton à bourrelets.

Célestin au contraire était toute maigreur. Il avait un véritable corps d'ascète, sillonné de rides et dont les os protubérants perçaient la peau. Son visage anguleux ressemblait à celui d'un totem.

Adeline était la mauvaiseté même. Quand elle se mettait en colère, son teint devenait verdâtre et ses yeux, noirs comme des charbons. Elle exerçait une entière domination sur Célestin qui, peu futé, marchait docilement devant elle comme un mouton. Il n'était pas rare qu'elle lui donnât du bâton ou encore qu'elle tentât de lui désorbiter les yeux. Mais de tels orages ne crevaient que lorsque Célestin refusait d'obéir ou faisait seulement mine de se rebiffer.

Ils habitaient une masure ruineuse au rang du Moulin. Dans l'unique pièce encombrée d'un butin disparate (paquets de hardes, tresses de savates, ustensiles graisseux, cages d'oiseaux), ils avaient feu et lieu. Dans un coin, le grabat douteux ; sous la fenêtre, la table couverte de chaudrons et de lèchefrites ; au centre de la pièce, le poêle de fonte adossé à un cordon de bois.

Ils ne s'en faisaient pas avec la vie. Ils la prenaient comme elle venait. Si le soleil dorait la campagne, au matin, ils s'en allaient sur la route blonde mendier le pain de la journée, elle vêtue d'une robe d'indienne et lui, le jarret étranglé dans un pantalon trop étroit, baluchon sur le dos et gourdin à la main.

Dans la paroisse on ne donnait jamais à Célestin sans avoir obtenu qu'Adeline dansât un rigaudon avec son époux.

— Viens, viens, mon Lestin on va leu danser un rigaudon.

Ils sautillaient alors dans la place en égrenant quelque refrain gaillard.

Sur la route, les enfants criaient : « Toc ! la petite corde d'Adeline est cassée. » Alors Adeline entrait dans de violents transports et ses jurons puissants s'entendaient d'un mille à la ronde.

Ils allaient chaque dimanche à la messe pour toucher l'aumône du curé, qui était de cinquante sous. Après la messe, Adeline plantait Célestin sur le trottoir et allait savourer une crème glacée au restaurant.

Un jour Célestin refusa d'aller fendre le bois, prétextant qu'il souffrait d'un rhumatisme à l'épaule. Adeline lui sauta dessus et, sur son refus d'obéir, lui administra

une correction qui lui laissa des bleus. Célestin aimait
pourtant bien l'épouse que le bon Dieu lui avait donnée
mais, découragé par tant de sauvagerie, il décida de
s'échapper. Il attendit qu'Adeline fut en plein sommeil,
passa ses hardes prudemment et se coula en douce par la
fenêtre ouverte.

À son réveil, Adeline fondit en larmes en voyant la
place vide. Célestin ne revint qu'après trois jours. Dans
son escapade il avait pris du mal. En quelques jours il
décéda, de mal en pis. Le conseil municipal décida de
placer sa veuve dans un asile de vieillards, à la ville, où,
proprement, dans du linge net, elle vit encore, approchant la centaine.

●

UN PEU GRIS

Par hasard, je l'ai rencontré un soir, mêlé à la foule
mouvante de la grande ville, visage connu parmi tant
d'autres anonymes, îlot de sympathie noyé dans un flot
d'indifférence. Quand il me reconnut, après m'avoir
dépassé, il revint sur ses pas.

— Tiens, c'est toi Gabriel, dit-il d'une voix surprise
qui a conservé la même rauque tonalité. Comment ça
va ? Qu'est-ce que tu fais par icitte ? Tu me reconnais,
hein ?

— Bien sûr, tu n'as pas changé. À peine si les
cheveux commencent à te grisonner… Te souviens-tu de

la fois du bélier dans la grange ? Tu étais à trier des
patates, accroupi à contre-jour. Le bélier merinos plein
de malice t'observait du dehors. Tout à coup il s'était
élancé et t'avait tapé dans les reins.

— Oui, si j'm'en souviens de c't'infâme bélier. J'es-
père ben qu'il a les os secs astheure, mais moi, j'sens
encore du mal au rinqué quand le temps est à la pluie.

Il me présentait une main rugueuse pendant que je
remuais ce souvenir dans les fonds brumeux de sa mémoire.

Firmin ! C'est l'homme qu'on gardait à la ferme.
Un aide dépareillé, doux, serviable, silencieux. Je me
souviens qu'à mes vacances de Noël, je le voyais entrer
dans la cuisine d'hiver, enveloppé d'un tourbillon d'air
humide, les mains nues, les sourcils frimassés. Il me
saluait simplement, me retrouvant là, près du poêle, en
uniforme de collégien, sans autre étonnement que si je
fus rentré d'un voyage de quelques jours. Il enlevait son
casque de cuir, reniflait, se tirait une chaise près du feu,
puis, de sa voix lente :

— Y fait un fret à se g'ler le blanc des yeux. C'est
pas l'bon temps de se promener nu-tête.

Dans le rayonnement du feu, il chauffait ses membres
engourdis par un long trajet en plein vent, sur le voyage
de billots. Bientôt il sortait de sa poche un énorme brûlot,
le bourrait de tabac poussiéreux recueilli au fond de ses
poches et le portait à ses lèvres. Il fumait avec une volupté
qui distendait les traits bourrus de son visage. Le soleil
couchant, dont les dernières coulées rougissaient les vitres
enneigées, scintillait dans sa barbe noire et revêche.

Quand il avait aspiré quelques bouffées, au chaud, il secouait sa pipe dans le crachoir d'étain et, d'un pas lourd, il repassait le seuil sans ajouter un mot. Il ne rentrait, fanal au poing, qu'après avoir soigné le bétail et vaqué au train de l'étable. Alors seulement il se dépouillait de son paletot d'étoffe. Au souper, il se taillait d'extraordinaires morceaux de lard à même le rôti plantureux qui trônait sur la table. Peu à peu sa fringale se calmait. Après avoir fumé quelques pipées et caressé de ses gros doigts les oreilles du chien, il regagnait son lit aux draps fraîchis par le vent coulis.

C'était l'homme de confiance à la ferme. Mais un jour qu'il avait eu une explication avec le maître, (il s'agissait de donner ou non du sel aux vaches), il fit un paquet de ses hardes et, sans explication, s'éloigna vers la gare de Champlain.

Il y a de cela dix ans passés.

Et maintenant je retrouvais Firmin. Il se tenait là devant moi, courbé, vieilli, rapetissé. Plus de moustache. D'épais sourcils grisonnants ombraient ses paupières clignotantes. Il m'observait de son petit œil gris.

— Toé, mon jeune, t'as assez changé que j'ai eu d'la misère à te reconnaître. T'as laissé la terre toé aussi. C'est vrai qu'il le fallait ben, avec ton instruction. Mais, pour une raison ou pour une autre, c'est fini pour ben du monde la vie sur les petites terres pauvres. Pour moé, c'est ben fini. J'me suis déshabitué de tout ça. Et combien d'autres ? Vois-tu, le monde d'aujourd'hui aime mieux se risquer à la ville que de rester à croupir dans les rangs.

On n'est plus les mêmes, pas vrai, Gabriel ? T'es maintenant un monsieur ben placé. Qui dirait que t'as été élevé parmi des habitants ? La mentalité nous change. C'est comme moé, ça m'ennuierait à mort de retourner par là-bas.

— Et, qu'as-tu fait depuis ?

— J'ai trimballé d'un bord et d'l'autre, mon gars. Quelques hivers dans les chantiers, les mois d'été à trimer dans les ports. J'ai mangé d'la misère.

Il s'était penché vers moi en grommelant ces mots. Je vis qu'il était éméché. Une rance odeur de bière sortait de sa bouche. Il me raconta sa vie des dernières années et je vis disparaître, à travers la foule indifférente, ce visage familier des anciens jours.

●

FANFAN

Les hardes empoussiérées, la figure rougie d'un flux sanguin, il s'était arrêté un soir de juin devant le perron de Zéphirin Lamoureux. Il avait déposé son baluchon de chemineau sur le pas de la porte et, se décoiffant, il avait éponglé son front qu'emperlaient des gouttes de sueur. Il venait d'un lointain village avec la mine avantageuse d'un grand dieu des routes. Il demanda le coucher à Zéphirin et, le lendemain, il lui tint ce langage :

— J'ai pas d'poux, ni d'puces. Si vous voulez me louer pour le reste de la saison je ne continuerai pas plus loin. J'suis un bon garçon, pas vicieux, et j'sais travailler.

Le bonhomme Zéphirin regarda d'un œil soupçon-
neux ce petit homme râblé, à courtes pattes, dont la crête
rouge révélait un bon sang.

— J'veux ben te garder mais t'as pas l'air fiable
avec ton œil en coin.

— Craignez pas, m'sieu, c'est mon air qui est comme
ça. C'est pas de ma bonguienne de faute si le bon Dieu
m'a troussé de cette façon. Ça m'empêche pas d'être
travaillant. Essayez-moi, vous allez voir.

— C'est correct, acquiesça Zéphirin. Mais j'ai pas
d 'écus de reste. J'm'en vas te nourrir, te fournir de tabac,
t'habiller. C'est tout ce que j'peux faire.

— Ça fait l'affaire, comme ça. Si vous voulez savoir
mon nom, c'est Fanfan.

Il y avait dix ans que ce marché avait été conclu. Travailleur consciencieux et habile, serviable en tout temps, Fanfan avait peu à peu accepté les mancherons de la charrue que les bras vieillissants de Zéphirin ne pouvaient plus tenir. À la ferme, il assumait bientôt la responsabilité des travaux, avec une adresse et un allant qui surprenaient les voisins.

Il se levait à la pointe de l'aube et il bardassait tard dans la soirée autour des bâtiments. Tout ce qu'on eût pu lui reprocher, c'est qu'il ne pouvait pas passer devant les nids sans boire un œuf à la dérobée. À part cette vétille bien pardonnable chez un homme qui trime de l'aube au soir, il eût fallu être bien exigeant pour trouver à redire.

Or, en décembre dernier, un commerçant vint payer une vieille dette de cinquante dollars au père Lamoureux. Celui-ci compta minutieusement les billets sur le coin de la table de cuisine. Du perron, qu'il était en train de déblayer, Fanfan fut témoin de la scène. Il vit le bonhomme Zéphirin plier soigneusement la liasse de dollars dans son vieux porte-monnaie à boutons qu'il portait constamment en poche. Aussitôt, un plan s'arrêta dans son esprit. Il attendit le soir. Quand la maison fut plongée dans le sommeil, il se leva furtivement et se coula à pas de loup dans la chambre où ronflait le père Lamoureux, à côté de sa vieille sourde. Avec une infinie précaution l'ancien chemineau chercha le gousset de son maître. Il le trouva à l'endroit présumé et put regagner sa chambre, muni du précieux porte-monnaie, sans éveiller le couple.

Le lendemain, Zéphirin Lamoureux mit le nez à la porte de Fanfan qu'il réveillait chaque matin. Il vit la chambre vide.

— J'ai jamais vu un boute-en-train pareil, murmura le fermier, il est déjà levé.

Toute la famille se mettait debout. On descendit dans la cuisine d'hiver, on gagna l'étable. Pas de Fanfan. Un soupçon traversa l'esprit de Zéphirin. Il mit la main dans sa poche et constata que son argent avait disparu.

●

M. VIEILLANDOUIL

M. Vieillandouil comptait parmi les plaies. À sept heures du matin, le sommeil devenait pour lui une exagération. Il remontait sa montre et, après avoir siroté son café au lait, il orientait son dandinement vers la boutique où se fabriquait son médiocre destin de villageois avaricieux et casanier. Dans l'attente des clients, rêvasseur, il s'épuçait ou bien il flattait les étoffes dont il reniflait la troublante odeur.

À midi juste, sa face à bajoues vinées apparaissait sur le seuil de son foyer. Ses mandibules, avec toute la précision économe qui caractérisait son organisme, semblaient attendre de la part des aliments le signal de la mastication. Il mangeait lentement, épuisant la substance des fibres ; quand cette dépense avait pris fin, il se refaisait sur le canapé de la cuisine qui, peu à peu, au cours des ans, avait pris sa forme et son odeur. Et, pendant vingt minutes, son ronflement autoritaire tombait sur les nerfs de sa femme, de beaucoup plus jeune que lui, et martyrisait la nature sémillante d'un petit neveu, lequel voyant son oncle aussi végétal et empuanti par l'éternelle pipe, maudissait en lui-même la musique monotone qui sortait de cette énorme trogne. À une heure, soulageant ainsi par son départ les êtres qu'il avait associés à sa vie, M. Vieillandouil rejoignait la tranquille et odieuse paix de son comptoir, où, prises dans un triangle de soleil, dormaient des mouches. Pendant des heures, ruminant de mesquines pensées d'ordre et de bien-être, il assiégeait le coussinet aplati de sa fumeuse. Si un client venait troubler ce rêve utilitaire, il lui débitait quelques mielleux propos, rigoureusement appliqués à une fin pratique.

L'après-midi avait passé. Le soir, quand, ponctuel comme une mécanique, il retraversait le village, il croisait le fossoyeur revenant du cimetière. Le fossoyeur se retournait, regardait s'éloigner M. Vieillandouil, cette boule de chair graisseuse qu'il haïssait d'instinct et il se faisait à lui-même cette joyeuse remarque : « M. Vieillandouil paraît encore en bonne santé aujourd'hui. Mais patience ! c'est un client pour demain.

Ha ! ça, oui, pour demain ! »

FAITS DIVERS

Les paysans de chez nous, descendants de Normands et d'Auvergnats, ont la réputation d'avoir les narines bien mouchées. Bien dessalés sont ceux qui peuvent prétendre agacer leur bonne foi. Mais n'allons pas généraliser cette remarque.

Par une nuit sans lune, un camion stoppa, phares éteints, près de la porcherie de Léger Dessureaux. Un homme en descendit, amadoua le chien bonasse et fit quelques pas dans la cour avec l'air de s'assurer que toute la ferme était bien plongée dans le sommeil.

Comme aucun bruit n'éveillait sa méfiance, il se coula à pas furtifs dans la porcherie en s'éclairant d'une lanterne de poche. D'admirables Yorkshire encore jeunes y sommeillaient sur une abondante litière.

La lumière les éveilla et les attira vers la porte d'où elle provenait. Il fut facile au maraudeur d'en attraper un par les oreilles et de le traîner vers le camion en lui tordant le groin. Mais le pire n'était point fait. Il s'agissait maintenant de l'introduire dans la boîte. Il s'y efforça, mais en vain, car le pauvre goret criait à tue-tête, et l'on eût dit qu'on l'égorgât.

Ce bruit alerta Léger qui, au bout de quelques minutes, s'amena en caleçons, chaussé de mitons et mal éveillé.

— Bonjour m'sieu. Qu'est-ce qui a donc ? demanda-t-il frileux et bâillant.

— Y a que mon goret a sauté par-dessus bord, et plus moyen de le remettre en place. C'est encore pesant à cet âge.

— Mais attendez, je vas vous aider, proposa aussi-tôt Léger, content de rendre service.

Et ce disant, il empoigna le corps convulsé du Yorkshire et le balança dans la boîte.

— Merci infiniment, fit l'homme. Sans vous, il m'aurait finalement échappé.

— Et c'eût été dommage, ajouta Léger. Un si beau goret !

Et le camion démarra, s'enfonça dans la nuit avec grand bruit, chargé du précieux animal qui lançait des cris d'adieu à son maître.

●

À la ferme, on gardait depuis toujours un petit homme moricaud, endiablé à la besogne, d'esprit un peu simplet, mais ne représentant pas moins cet obstiné bon sens à rebours, fort buté, que l'on retrouve encore au fond des campagnes.

Comme nous étions à nous entretenir du triste sort de l'habitant qui, de ce temps-ci, ne voit pas trop la couleur de l'argent, Isidore fourra la main dans sa poche et en retira une pièce de dix cents. Pendant quelques secondes il contempla d'un air désolé cette menue monnaie qui faisait tache blanche au creux de sa vaste main brune.

— La voulez-vous, m'sieu Firmin ; je l'ai dans ma poche depuis quelques jours. Si vous la voulez, je vous la donne. J'ai tout ce qui me faut icitte. À quoi qu'elle peut servir ? Je suis déjà ben assez riche, j'ai ma médaille de scapulaire.

— Garde-la, mon Isidore, va, répondit le fermier. Tu t'achèteras ben un paquet de tabac, quand nous irons au village.

Ce refus n'offusqua pas notre bonhomme.

— Si vous la voulez pas, reprit-il, je suis pas pire que vous. J'en veux pas non plus.

Et se levant de son siège, la mine bâilleuse, il s'en fut poser la pièce sur une marche de l'escalier qu'il grimpa en même temps, car le sommeil le gagnait déjà.

●

Vous connaissez Lucien Bélair, le fils de Gédéon, le tanneur. C'est un long et nerveux garçon aux agilités d'anguille, connu de tous pour son goût des mauvaises plaisanteries. On le tient partout pour un détestable fanfaron. Mais on le craint, et de là vient qu'il jouit d'une espèce de considération obligée auprès de nos bonnes gens qui espèrent, par de gentilles façons, s'épargner ses attentions.

On lui reconnaît, entre autres manies, celle de saccager les pommiers, à la bonne saison. On sait aussi que les frères Valois, austères vieux garçons et pomiculteurs avertis, sont gens froidement déterminés.

Voici ce qui est arrivé.

Depuis quelques nuits, sitôt le village endormi, le Bélair se baladait sans peur ni reproche dans le verger des Valois. Or, les pommiers de ces derniers s'allégeaient de si curieuse façon qu'un soupçon vint au cerveau des deux frères. Un soupçon vite changé en certitude quand, un matin, on trouva un pommier éralé : on les volait. Pour peu que les belles pommes amoureusement cultivées s'envolassent aux mains des maraudeurs, il deviendrait vain de songer à la récolte, puis à la vente, car les pommes étaient rares, cette année, et les marchands les payaient un bon prix. Les Valois décidèrent donc de monter bonne garde autour du verger.

Le soir même, à la faveur des ténèbres épaisses, le Bélair s'amena comme d'habitude. Il franchit le large fossé, s'avança l'oreille tendue, et il grimpa tranquillement dans un pommier.

Installé à califourchon sur un solide embranchement, tout allait bien et les pommes rougeaudes, avec un petit bruit sec, tombaient au fond du sac de toile. L'opération avançait. Le poids de la rapine se faisait plus lourd à l'épaule. Notre maraudeur, encouragé par ses réussites précédentes, songeait en ce moment à la beauté de la nuit. Soudain son esprit était envahi de chiffres ambitieux. Il évaluait le fruit de son grapillage quand, pan ! un coup de feu partit dans sa direction. Puis un autre ! Il se crut mort, mais le cœur, après une contraction brutale, continuait de battre. En proie à une terreur folle, abandonnant son sac de pommes, il se laissa choir en bas du pommier et, les talons à son cou, détala dans une course ailée.

À la pointe de l'aube, frileux et blêmes, les Valois sont allés en reconnaissance. Bien qu'ils ne s'attendissent pas à trouver la carcasse trouée du malandrin, ils étaient tout de même curieux de se rendre compte. N'ayant rien remarqué d'insolite, ils allaient, déconfits, terminer l'examen des lieux quand Vital, le plus jeune, celui qui a le meilleur œil, aperçut un lambeau de chemise accroché à la clôture de fil barbelé. Plus loin, dans le creux du fossé, une casquette s'enfonçait dans la boue, ce qui révélait que le drôle avait piqué une tête. Les Valois, le visage soudain détendu, s'en trouvèrent tout rassérénés.

TOUT EST RELATIF

.

(Journal d'un garçon de bureau)

*** L'été règne dans toute sa splendeur sur le village.

Au restaurant, quand je prends la parole pour conter un fait, mes idées s'embrouillent, ma langue s'empâte, mon récit traîne et, finalement, toutes les têtes se détournent et je suis bientôt réduit au rôle d'écouteur. Il va falloir que cela change. Je suis parvenu à un âge où je dois prendre conscience de ma propre valeur.

Aujourd'hui, tout a été tranquille au bureau d'enregistrement. Nous n'avons pas fait une seule entrée.

*** Je suis décidé à me refaire, à m'affirmer. Si je parais traîner l'ennui avec moi, c'est que je ne trouve qu'ennui dans la vie. Je m'en fais. Au fond, la vie est belle.

Hier soir, j'ai oublié de noter que j'avais rencontré Yvette au bureau de poste. Dommage que je n'aie pas eu le courage de me raser après souper. Sans cela, je me serais offert à la reconduire à la maison. J'aurais dû prévoir.

À la vérité, je me néglige un peu trop et je ménage bêtement mon complet neuf. Là doit être le secret de mon apparente médiocrité.

Au bureau, tout a été tranquille. Stéphane, le sous-registrateur, se plaint d'étourdissements.

*** Je suis autant que tous ceux qui fréquentent le restaurant. J'ai de l'instruction et aussi, (pourquoi ne pas me l'accorder ?), une certaine distinction de nature. On a l'air de prendre parfois mes opinions avec le sourire. Je ne puis tolérer bien longtemps la suffisance des ignorants.

Monsieur le notaire est parti pour un voyage de trois jours à Montréal. Ce sera plus tranquille au bureau.

*** Ce soir, je me suis rasé et j'ai endossé mon complet neuf. Malgré quelques fils d'argent sur les tempes, je me sens en meilleure forme que jamais. On blanchit vite dans la famille. Cela ne veut rien dire.

Yvette, contrairement à son habitude, n'est pas venue au bureau de poste.

*** Stéphane se plaint toujours de lourdeurs. Il est tout pourpre et les chaleurs le font mourir. À son âge, il devrait savoir qu'on ne se plonge pas dans la lecture des journaux sur le coup d'une heure.

Nous avons fait une entrée. Monsieur le registrateur a passé la journée au bureau, chose qui ne lui arrive pas souvent. Nous avons fermé à quatre heures. Je n'étais pas fâché d'enlever mes manchettes. J'étais bien fatigué.

*** La mère de Delphis a « passé » cette nuit. Je crois que j'irai la veiller. On se doit aux morts. Tant qu'ils ne sont pas enterrés, ils font partie de la grande famille des vivants.

Si le Ciel m'eût accordé de naître à la ville, je serais aujourd'hui un homme en place. Ici, le mérite n'est jamais tout à fait reconnu, même s'il crève les yeux. Je dois ajouter que, soit indifférence, soit mépris du milieu, je n'ai jamais songé à donner ma mesure. Je gagne ma vie, rien de plus.

Monsieur le registrateur a couché à l'hôtel. Il est revenu ce matin au bureau. Après avoir lu les journaux, il est reparti. L'après-midi, comme l'avant-midi, a été tranquille.

*** À la veillée mortuaire, j'ai rencontré Yvette. Elle m'a paru un peu triste. La mère de Delphis se trouve sa grand-tante. Toute à son chagrin, elle était assise à côté de son cousin Michel, arrivé de la ville. Le noir lui va à merveille. Je m'arrangeais pour me trouver à côté d'elle, à la récitation du chapelet. Il m'a toujours paru bien normal que l'image de la mort rapproche les vivants.

Stéphane se plaint de plus en plus. Le docteur d'ici l'a déjà mis en garde. À sa mort, je deviendrai sous-registrateur avec appointements doublés. C'est bien dommage, il n'est pas très vieux.

*** Monsieur le notaire est de retour depuis hier. Il s'est acheté une belle serviette en cuir anglais. Nous allons avoir plus de travail. Je ne m'en plains pas. On dit que l'inaction tue plus sûrement que le travail.

*** Yvette n'a pas quitté ma pensée. N'était la crainte d'être mal jugé, j'irais veiller la dépouille une deuxième nuit. La mère de Delphis était une bien brave femme. Yvette ne peut manquer d'y être. Je me présenterai vers les neuf heures, mais je partirai avant le goûter. Rien ne me dégoûte autant que ces rustauds qui s'agrippent après les morts dans le dessein de faire bombance sur les petites heures.

*** Je me suis rendu auprès de la mère de Delphis. Beaucoup de monde, mais Yvette n'y était pas. Je n'ai pas veillé tard. Je me sentais fatigué. Après tout, c'était la nuit de la famille, et j'ai bien fait de m'en aller.

Nous jouissons de ces temps-ci d'une très belle température. C'est bien malheureux de vieillir en arrière d'un petit bureau. Monsieur le registrateur est revenu. Il a eu une longue conversation avec Stéphane, dans son bureau. Ce pauvre Stéphane ! comment cela finira-t-il ? Il souffre beaucoup. Il dit qu'il se sent pris aux reins. Il prétend aussi que son foie n'a jamais aussi mal fonctionné.

*** Depuis quinze jours, je n'ai rien écrit dans ce journal. Aucun fait digne de mention. Yvette est allée se promener chez une de ses tantes, aux Trois-Rivières.

L'été s'en va. Déjà la rentrée des classes. Stéphane a manqué plusieurs jours. Possible que, si son état continue à empirer, il aille consulter un docteur à la ville. Même si je sais que j'aurai sa place, je l'aime bien, et j'aurais préféré qu'il reprît un peu le dessus, du moins juste assez pour qu'il se fasse à l'idée de la retraite. Je

crains bien que ces espérances soient vaines. Tout y passera.
Stéphane est un homme usé à la tâche.

*** Aujourd'hui, journée magnifique, ensoleillée, pas
trop chaude. Malgré tout, je me sens abattu. Il est des
journées où tout ce sur quoi j'appuie mes pensées, mes
enthousiasmes, semble se dérober. Ces heures vides sont
inévitables. Elles seraient pour moi moins fréquentes si
je pouvais, de temps à autre, m'évader de mon milieu.

*** Je ne puis bien voir comment Yvette s'est installée
dans ma pensée. Elle a vingt ans et j'en ai bientôt trente-
quatre. J'ai été longtemps, la voyant, mais sans m'aviser
de sa beauté. Puis, un jour que je la vis passer à bicyclette,
elle s'est fixée dans ma prunelle avec sa beauté fraîche et
sa splendeur triomphante. Depuis que j'aime, il me semble
que j'ai vingt ans et que tout m'est possible.

La récolte va bon train dans toute la paroisse.

Stéphane est de plus en plus malade. Il a le teint
vineux et sa graisse l'accable. Il va se rendre en ville où
il consultera un spécialiste.

*** Le petit Gédéon Bélair a finalement été pincé pour
vol. Justin Lanouette s'en est tiré, bien que de la partie,
mais il paraît qu'on l'arrêtera de même, aussitôt que le
Gédéon se sera ouvert. La mère Bélair, ça l'a chavirée.
Toute la paroisse se réjouira de cette nouvelle qui défraie,
de ce temps-ci, les potins du restaurant.

Depuis quelques jours, j'ai bonne mine. Je mange
beaucoup de légumes et je digère mieux. Je n'ai plus
besoin de prendre ces affreuses pilules.

*** Au restaurant, j'ai pris le parti de ne plus m'en laisser imposer par des ignorants. Je lis les journaux et je suis renseigné. Mon jugement peut se comparer à leur jugeotte. Qu'est d'ailleurs le simple bon sens sans l'instruction ? Je ne pouvais tolérer plus longtemps de baisser pavillon devant des ignares prétentieux qui basent tous leurs discours sur de lamentables qu'en-dira-t-on. À l'avenir, quand il me prendra fantaisie d'intervenir dans les discussions, je développerai ma pensée jusqu'au bout, et ce n'est pas les Doucet ni les Rivest qui m'auront.

J'ai lu une belle pensée dans un journal. J'aurais dû la noter. « Si tu ne crois à ton étoile, qui y croira ? » Quelque chose comme cela...

J'ai touché une petite gratification de la part d'un notaire de la ville qui est venu passer la journée au bureau, à la recherche de vieux titres introuvables. Cet homme d'une délicatesse de tous les instants s'est montré envers moi d'une extrême amabilité.

Je dois continuer à m'affirmer.

*** Gédéon, comme on devait s'y attendre, a vendu Justin, et ce dernier a été appréhendé. Monsieur le curé part ce soir pour les États. Affaires de succession. Ces jours-ci, grande activité dans le village. Les Dames patronnesses, de concert avec les Dames de l'œuvre de l'autel, organisent pour dimanche en huit un grand whist-bingo, au profit de la fabrique. Cet événement coïncidera avec le retour de monsieur le curé.

Il est neuf heures et je me couche. Hier, j'ai pris

froid à la devanture du restaurant, et, toute la journée j'ai souffert d'une insupportable névralgie.

*** Aujourd'hui, dimanche, tout va mieux. Ma névralgie a disparu. Je vais aller aux courses cet après-midi.

*** Stéphane est revenu de son voyage. Il a visité un médecin-chirurgien. Ses affections rénales ne peuvent plus être soulagées par aucun remède. Plus qu'une porte de sortie : l'opération.

Pauvre Stéphane ! C'est très grave et il le sait. On devra lui enlever un rein. Dans la vie, on finit toujours par se coucher dans les draps qu'on s'est préparés, bien malgré soi, je le concède.

*** Après souper, j'ai rencontré Yvette au bureau de poste. Je l'ai accompagnée de loin jusque chez elle. Avant d'entrer, elle s'est détournée et m'a regardé. Je suis instruit, j'ai de bonnes manières. Ce n'est pas me faire illusion que de prétendre ici que j'ai de l'élégance naturelle. Je suis sûr de ne pas lui déplaire. Mais rien ne presse. Attendons les événements.

Yvette portait sa gentille robe à pois qui lui va si bien. (*Déchiffré sous de pesantes ratures.*) Je t'aime, ô ma petite !

*** Stéphane est déjà à l'hôpital depuis trois jours. C'est demain qu'on doit pratiquer l'opération.

Je suis seul au bureau. Cela ajoute à mes responsabilités. Ce sont elles qui nous empêchent de déchoir et de tomber finalement dans la médiocrité.

J'ai commencé à mettre de l'ordre dans la voûte. Il y a beaucoup à accomplir dans le reclassement des dossiers. Monsieur le registrateur doit venir samedi. Pour sûr que je peux m'attendre à des félicitations, quand il se rendra compte de mon initiative.

*** Monsieur le registrateur est venu. Il m'a surpris dans la voûte, tout empoussiéré, et m'a demandé la raison de ce grand remue-ménage. Quand je le lui eus dit, il m'a signifié sans trop d'aménité qu'il jugeait en ce moment mon zèle intempestif. Il m'a prié de m'en tenir à mes attributions ordinaires.

J'ai tout à fait cessé ce travail de classement. Monsieur le registrateur est d'ailleurs reparti presque aussitôt après avoir dépouillé son courrier. Comme il ne m'a confié aucune lettre exigeant une réponse, j'ai enlevé mes manchettes et j'ai fait le jeu de patience avec le paquet de cartes de Stéphane.

*** Le dernier mot que j'ai inscrit dans mon journal est le nom de Stéphane. Je ne le récris pas aujourd'hui sans une certaine angoisse. L'opération a été pratiquée et monsieur le vicaire a rapporté qu'il était bien bas.

Je sens que je suis parvenu à un tournant de ma vie. À moins d'un miracle, je vais devenir sous-registrateur avec appointements doublés.

*** Stéphane administré hier soir. Il n'a pas reconnu monsieur le curé. Ai assisté à la messe ce matin, premier vendredi du mois. Beaucoup prié pour que tout se passe au mieux dans le cas de Stéphane. Heureusement qu'il est inconscient. Il avait une peur maladive de la mort.

*** En gagnant le bureau, j'ai rencontré Yvette, ce matin. Elle m'a semblé plus jolie que les autres jours. Elle m'a demandé des nouvelles de Stéphane. (Le passé entretient avec l'avenir des relations secrètes).

C'est un bonheur pour un petit village que de posséder un aussi beau brin de fille. Elle avait une jolie boucle rose piquée dans les cheveux. J'évite de trop la regarder, car je dois demeurer sur mes gardes et ne pas me trahir. En attendant, qu'elle continue à tourner la tête de tous les garçons du village. Je reste bien tranquille.

*** Pour Stéphane, on attend la nouvelle de sa mort d'une heure à l'autre. Après tout, il a eu son temps de bonheur. Le mien est encore à venir. La vie serait tragique, sans ce ressort qui soulève le monde et le pousse vers son accomplissement.

(Un mois après.)

*** Stéphane a résisté victorieusement. Il ne sera jamais plus, bien entendu, ce qu'il était, un rein en moins. Il sortira de l'hôpital dans quelques jours. On dit qu'il a beaucoup maigri et qu'il a perdu ses bajoues vineuses.

*** Monsieur le registrateur m'a écrit pour me signifier mon renvoi. Je n'étais entré au bureau que comme remplaçant. Je devais m'attendre à ça. Mon congé prendra effet dans quinze jours seulement.

*** Avec les premières neiges, le village est retombé dans sa torpeur. Une nouvelle cependant est venue occuper les esprits : les fiançailles d'Yvette avec un jeune

ingénieur des routes qui est venu surveiller ici la construction de la route de l'Église. Le mariage aura sans
doute lieu à la Noël.

Au restaurant, l'hiver a ramené pour nous tous les
longues parties de dames. Quelques-uns jouent cependant au « cœur » et au casino.

EN AUTOMNE

Ce soir, le nordet a soufflé sa musique tourmentée par les rues de la ville. Il a corné sous ma fenêtre et, toute la soirée, il s'est lamenté comme une âme en peine. Longtemps j'ai écouté sa plainte et j'ai songé à l'automne de mon village, à celui qui ramène les châles et rétrécit les cercles familiaux, à celui qui pastelle les feuillages et déploie, au-dessus des toits, des ciels vermillonnés.

J'ai pensé que là-bas, dans l'encerclement des érablières, les miens se battent plus âprement avec la terre pour lui arracher ses derniers fruits. J'ai songé aux pluies, aux bises froides qui fouettent les carreaux, aux routes boueuses qui gémissent sous les derniers charrois.

J'ai connu dans cette saison des pluies et des brumes des heures pleines. Je me sentais le cœur serré devant cette décrépitude que l'aquilon amassait sur le pays. Je m'en allais seul dans le mauvais vent, l'âme emplie d'une obsédante mélancolie, pitoyable à toutes les misères que je rencontrais sur mon chemin, sensible à la fécondité de la récolte que l'on terminait en grande hâte. À la vue de

toutes ces choses, je sentais dans tout mon être un appro-
fondissement.

L'automne au village, c'était un peu les chemins
plus noirs déroulés à travers les chaumes roussis, les
derniers voiliers d'outardes au fond des mornes crépus-
cules, les mains gercées des tâcherons qui fouillent le sol
visqueux, le regard embruni des filles revenant des jardins,
les bras chargés de beaux fruits. C'est encore le tintement
mélancolique des sonnailles, le retour des troupeaux aux
humides bergeries, le cahotement des brouettées de
céréales par les sentiers boueux.

Automne, saison favorable aux veillées autour des
feux de rondins, saison des épluchettes et des premières
truandailles, alors que les fermiers, exténués par un combat
de six mois, demandent aux mets gras et à la bagosse la
force de batailler jusqu'aux gelées de la Toussaint.
Automne, tu rendais le sourire des femmes plus grave,
tu donnais un sens nouveau aux moindres actions
humaines. Tu définissais ce que tous sentent de vague
et d'inexprimé en eux.

Soir d'octobre. Il a venté de l'aube au soir. Et soudain
voici que les feuillages se sont calmés. Le ciel de plomb
pèse comme un couvercle sur le hameau. Le vent a sauté
par-dessus les abatis. Maintenant il brumasse sur les
terreaux dénudés.

Les attelages sont rentrés. Le soc des charrues rouille
au creux des combes. Un corbeau a crié à la lisière du

rasis. La nuit tombante éteint la blancheur des maisons peintes à la chaux.

Le trantran du soir est achevé. Sur les litières des étables, les bêtes meuglent tristement avant de retourner aux pacages. Et les chiens aigris hurlent de niche à niche.

De loin en loin les fenêtres s'allument. Le cri angoissant d'un train déchire le silence des choses. Et les paysans, après s'être rincés au lavoir, se laissent choir pesamment à leur place accoutumée, autour de la table qu'éclaire le feu pâle de la lampe. Parmi les porcelaines mates s'exhale le fumet des mets frugaux. La chair du sol va refaire la force des hommes que la terre reprendra à nouveau.

Et tandis que l'automne tourmente les vergers, les coudes se soudent autour de la table et l'on sent que les anneaux de la chaîne familiale constamment se resserrent.

— Plus vite que ça, les enfants ! crie le maître. Il faut atteindre cent poches avant la noirceur.

C'est un crépuscule de bise méchante avec une pâle plaie de soleil dans le ciel bas.

Il a fait frisquet toute la journée. Sous la clarté soufrée de ce jour finissant, le paysage se referme, étouffant toute la vie.

Au centre de la plaine, s'étale morne et quadrangulaire, le vaste champ de patates. Reins cassés, croupes monstrueuses, entassements de sacs, attelage grinçant.

L'après-midi fut énervante. Et, dans ce hâtif crépuscule, une activité fébrile anime le décor aux tons blafards.

— Allons, un p'tit coup de cœur avant souper, lance encore le fermier.

Le vent qui tonitrue au ras du sol emporte l'exhortation gutturale aux oreilles des jeunes tâcherons.

— Avance Cendrée, et toi la Noire !

La même voix impérieuse résonne dans le sabbat du vent. Un léger coup de fouet cingle les croupes fumantes des juments. À grand effort, fourbues par trois jours de trait, elles avancent en bavochant de l'écume. On entend le flacotement de leurs sabots dans le sol mou. Derrière l'arracheuse, la roue dentée tourne dans l'air, fouille la glèbe et, les arrachant aux racines mortes, met à nu les patates ocrées.

Cassés en deux, genoux en terre, les aides aux mains rabougries ramassent diligemment les pommes de terre éparses autour d'eux. Leurs visages froncés épient un moment le maître qui, sur le siège de sa mécanique, hartigne toujours ses bêtes. Sous le regard du maître, les mains brunes sont plus actives. Les pelotes terreuses volent dru dans les seaux de bois. Mais dès que le regard gênant a passé, les gamins s'étirent les muscles. Des mâtins, d'un bras sûr, visent les piquets où les projectiles vont s'écraser.

Le vent siffle toujours. Une âcre odeur de végétation pourrie s'évapore du sol éventré. Parfois, des grains de pluie fouettent les visages. Le soir abolit peu à peu les restes de couleurs dont s'ornait le paysage. Le feuillage laqué de roux et de safran s'évanouit dans la grisaille à la lisière du bois. Les taureaux meuglent au loin, et les troupeaux, poussés par des chiens irascibles, rentrent aux étables.

— Bravo, les enfants ! C'est assez pour aujourd'hui.

C'est la libération des muscles. On attache les sacs et les aides, le front bas, s'en vont dans un morne contentement. À travers les ornières lamées de flaques d'eau, dans le fumier des feuilles mortes, les pas s'acheminent lentement vers la maison où l'on vient d'allumer la lampe.

L'homme des champs, celui qui doit labourer aux premières blancheurs de l'aube, se réveille en sursaut à la sonnerie endiablée du réveille-matin. Il saute au bas du lit, vouant sa première pensée aux choses d'en haut.

Avant que les coqs n'aient claironné le réveil de la ferme, encore lourd de sommeil, il va rendre visite à ses bêtes. Au dehors, c'est encore la nuit. Elle répand sur la campagne un reste de ténèbres bleues.

La porte de l'étable grince. Il entre, précédé par la lueur fumeuse de son fanal et suivi du chien frileux. Les bêtes ont reconnu le pas du maître et l'accueillent d'un court hennissement. À chacune, en distribuant une caresse, il parle doucement comme si elles devaient comprendre le sens de ses propos d'amitié.

Il a devant lui trois magnifiques bêtes : un percheron cendré, une jument à l'encolure puissante et une pouliche dont la tête se balance au-dessus du râtelier vide. Ces bêtes qu'il éleva font partie de lui-même, puisqu'elles sont associées à ses travaux et collaborent assidûment au succès des cultures.

Sur les murs bousillés à la chaux, la clarté fumeuse du fanal découpe des silhouettes. Les ombres remuent. Une douce tiédeur baigne l'étable aux carreaux calfeutrés. Les génisses secouent leurs attaches et meuglent d'impatience. Le fermier flatte le nez velouté des chevaux, leur présente du gros sel à lécher au creux de sa main. Puis il bourre les râteliers de fourrage vert. Dans une heure, quand il reviendra, les bêtes regaillardies seront prêtes pour le travail.

Il est quatre heures et demie quand les chevaux sont à la charrue. Un soupçon d'aube se devine à l'horizon. C'est encore l'entier silence des nuits de fin d'octobre. À mesure que l'attelage avance, l'aspect de la terre déchaumée se révèle. Après quelques tours, les sillons marbrés, comme des vagues de métal, se figent vers la lisière buissonneuse du ruisseau.

Le chien taché de blanc suit la raie en furetant. À chaque ralentissement de l'attelage, son museau terreux heurte les talons du maître.

Peu à peu une clarté laiteuse s'étend sur les proches mamelons. La campagne frileuse s'éveille. Et les bruits clairs du matin disent la vie. Des coqs s'invectivent de ferme à ferme. Un rayon pourpre incendie les feuillages.

Il y a sur les cimes une palpitation lumineuse. Et le laboureur, un moment appuyé aux mancherons de la charrue, regarde s'établir ce nouveau jour de travail.

— Cendrée, P'tit, La Noire !

Au commandement, l'attelage repart. Jarrets arqués, les chevaux avancent avec lenteur car le sol est rocailleux. Les armons crient dans la secousse des vigoureux coups de col. Le coutre fouit le terreau pierreux. Il coupe les racines. Et le soc grinçant renverse sur le guéret l'épais ruban d'argile rousse.

Maintenant c'est la gaieté du matin. On entend le meuglement des troupeaux qui sortent des étables après la traite. Des hirondelles inscrivent dans le bleu matinal les courbes sinueuses de leur vol ; elles rasent parfois le sol et happent au passage un ver luisant que le soc a découvert.

Dans le bas fournil où clignote le feu des lampes, par un soir venteux de fin d'août, les rudes campagnards risquent la contredanse avant de s'acharner au labeur des récoltes.

Des alentours, les invités arrivent par groupes enjoués. Une Ford, venue du village et portant quelques farauds à son bord, vient de stopper dans un bruit de ferraille devant le perron.

Sur la route, les filles du rang, au bras de leurs cavaliers, accourent en balançant les hanches. Le chien blanc, énervé, va leur clabauder dans les jambes.

Dans la maison, entre les murs toilettés de chaux, de grasses fermières aux gorges épanouies, formant un cercle de dignité, caquettent avec animation. Groupés à part et plus compassés, les fermiers s'entretiennent de la moisson tandis que la maîtresse de céans, avec d'honnêtes grâces, organise la sauterie.

Sitôt qu'on a rangé les chaises et enlevé les catalognes, le plancher raboteux est envahi par des rondes bruyantes. Déjà le violoneux, solitaire dans un coin, tire des crissements aigus de son instrument ; mais avant que s'ouvre le quadrille, un jeune drôle, mis en goguette par un coup de bagosse, essaie un rigodon aux yeux de l'assemblée amusée.

Maintenant, à l'invitation d'un plantureux câleur, les villageois un peu lourdauds donnent la main à leurs payses et forment la première chaîne, en sautillant.

Les gars peignés de frais sont vêtus d'humbles étoffes et chaussés de leurs plus fins souliers. Les filles aux joues poudrées s'attifent de jupes à pretintailles et montrent leurs dents éclatantes quand elles rient.

Au zézaiement subit du violon, les couples se mettent en branle et gauchement « tournent en promenade ». Le rythme joyeux est impliqué. Et la pavane, déroulée soudainement en moulinets, se reforme par demi-ronds. La joyeuse compagnie évolue, scrupuleuse sous l'œil des vieux relégués dans le mi-jour, près des murs.

Sonore et dominant le frottement des semelles, une voix dirige le cotillon. « Avant deux, avant quatre ».

Aux accords saccadés du violon, les couples s'écartent, s'entrecroisent, agités d'un irrésistible trémoussement. C'est une frénésie. Eux tous qui pendant le jour se battirent avec le sol, ils trouvent maintenant plaisir au pas naïf mais si gai.

L'archet endiablé émet des trilles roulants. La compagnie s'échauffe et tourbillonne. L'entrain découvre le teint haut des belles et les yeux pétillants des costauds dont les mains transpirent.

Et quand sonne le « domino », avec un brin de coquetterie, gars et filles se tirent la révérence.

Fin d'octobre. On entre dans les jours plus froids. Les sentiers sont ensanglantés de feuilles mortes. Déjà la dure saison. Une bise maligne balaie les chemins, racle l'eau des étangs, dépouille les aulnaies, au long des rivières. À cette époque des nuits hyalines, la gelée menace de ruiner jardins et vergers.

— Il va geler, cette nuit, prophétise la vieille Despins à son gars Odilon.

La bonne aïeule, enveloppée d'un châle de laine, s'est risquée sur le perron. Elle regarde les bâtiments dont on devine à peine la confuse blancheur. L'air est sec. Le vent fou qui hululait depuis le matin s'apaise, puis s'endort.

Elle contemple un moment ce ciel d'octobre qui s'étoile. Pendant ce mois, s'il a venté tout le jour et si, le soir, la lune se montre couronnée de minces nuages, on craint pour les dernières plantes que retient la terre.

— Il va geler ben sûr, répète encore la vieille, et la récolte de tabac sera endommagée.

— Ç'a ben l'air à ça, répond Odilon qui, la démarche lasse, revient d'abreuver le bétail.

Sur le seuil, il mouche son fanal et poursuit :

— J'peux toujours essayer de sauver mon tabac en allumant un feu de paille autour de la « colonie ».

Vers une heure de la nuit, Odilon pousse une brouettée de gerbes vers la « colonie ». La plantation de tabac s'étend à flanc d'une pente douce. La clarté lunaire la baigne tout entière. Les plantes qui ne veulent pas mourir se recueillent sur elles-mêmes afin de triompher du froid. Une brume légère s'élève, semblable à l'haleine du sol. Les pommiers découpent des cercles d'ombre sur l'herbe courte de la prairie. Parfois le vent se réveille. Il rase le toit du poulailler et secoue les feuillages roussis.

Maintenant Odilon, en froque et tout botté, mâte les gerbes autour de la culture. Le chien Fédor furète sur ses talons. Soudain la lueur d'un chat blanc traverse le chemin de l'étable. Fédor l'aperçoit, ses jarrets se détendent, il bondit dans le noir.

Un vol oblique de corneilles passe au-dessus du verger. Il strie une pâleur, entre deux nuages, et se fond au bleu de la nuit. Maintenant les gerbes sont mâtées deux à deux. Odilon tire son briquet de sa poche et boute le feu à la paille. Bientôt la « colonie » est cernée par une haie flambante.

Il est peut-être deux heures.

Le village d'automne s'est endormi. Les maisons se taisent sous leur manteau d'obscurité. On dirait qu'elles ont rendu l'âme sous les étoiles.

Les gerbes enflammées font penser à des peupliers roux. Le feu nerveux parsème la nuit d'étincelles. Il guilloche l'ombre de filaments d'or. Une langue de clarté rougit le visage d'Odilon. Le vent rabat la fumée qui s'effiloche aux faîtes recroquevillés des futaies voisines.

Le feu adoucit l'air au-dessus des tiges de tabac. Une tiédeur s'épand. Les lourdes feuilles vertes respirent l'haleine du feu, reprennent vie. Odilon possède un sûr indice que la récolte est sauvée.

Tandis que les brasiers s'éteignent autour des plantes ranimées, le fermier Odilon, tout botté, s'abandonne au sommeil, étendu sur le canapé de la cuisine d'hiver. Le nez sous son aisselle, Fédor goûte aussi la plénitude du sommeil et du bien-être.

Un chaud silence feutre la pièce. L'homme des champs dort toujours. Parfois une de ses mains esquisse le geste inconscient de chercher quelque part une pipe et le bocal à tabac. Sans doute rêve-t-il aux délicieuses pipées que sa corvée de la nuit lui ménage pour les interminables soirées d'hiver ?

LES VILLAGES
IMMUABLES

Dans les villes tumultueuses où, malgré la promis-
cuité physique, la solitude morale de l'homme est si
complète, toute la vie traquée par mille besoins pulse à
un rythme effréné. Il y a des fluctuations et des séismes
profonds. Les civilisations s'effritent après s'être entre-
choquées comme des vagues. Les peuples se laissent asser-
vir par les monstres qu'ils engendrent.

Seuls, inondés de lumière douce, baignant l'image
de leurs pignons dans l'eau vive d'une rivière, les villages
participent à une sorte d'éternité reposante. Ils n'ont pas
de passé. Ils n'ont pas non plus d'avenir. Ils s'éteignent
dans le calme des soirs et la clarté blanche des aubes les
voit renaître.

Les villages sont immuables.

L'aube met sa palpitation lumineuse sur l'amas vert de la proche forêt. Il y a une émotion qui fait frémir les cîmes. Toute la terre semble tressaillir quand le jour s'élève des langes humides de la nuit. Mythe éternel, il s'avance sur l'herbe des prairies que la rosée diamante. Il secoue des rayons de ses paumes ferventes. Des traits dorés sortent de ses yeux. Il tord ses cheveux de soleil dans l'onde glauque de la rivière. Et le village s'éveille au cri pourpre des coqs. Les chiens aboient, les portes grincent et les cheminées, révélatrices de vie humaine, commencent à fumer dans la brume argentée. Une allégresse préside à ce réveil. On dirait un moment qu'une gaieté folle va éclater dans l'air et danser sur les toits.

Mais hier la mort a grincé du pas sur les cailloux de la route. Elle a collé sa bouche aux vitres d'une fenêtre. Elle aspira un peu de cette vie attentive qui palpite au cœur du village. Le village n'a rien ressenti hors un goût de tristesse.

Oui la mort a passé. Un paysan reconduisit sa femme en terre par un matin pluvieux. Dans l'après-midi, le soleil a rougeoyé sur les champs. Et l'homme désaccouplé, seul à porter sa peine, a repris le sillon interrompu. Il a labouré jusqu'au soir, d'un pas rendu plus lourd.

Partout autour de lui la vie a continué à son même rythme.

Sur les seuils, chauffant leurs mains rabougries au soleil, les vieillards silencieux ont allumé leur brûlot en attendant la prochaine visite de la mort. Ils ne sont pas tristes. La pensée de la fin leur est devenue familière. Ils se détacheront de la vie sans effort, comme les rameaux vieillis se détachent de la cîme des érables, par les soirs d'automne.

Sans le savoir les petits villages s'imitent par-delà les monts. Les puits les fixent au sol. Les arbres les élèvent vers le ciel. Les hirondelles et mille oiseaux, amis des hommes simples, leur tiennent un langage divin.

Hermétiques, défiants, peu communicatifs, les villages gardent jalousement une formule de bonheur qu'ils ne révèlent pas à quiconque. Pour pénétrer leur secret, il faut partager cet ensemble de renoncement, de sagesse et de satisfaction dans le travail qui sont les raisons de la vie terrienne, manger le pain d'habitant que rompent à table les vieillards, veiller avec les petits maîtres et boire le vin de cerise avec eux.

●

UN SUICIDE

L'autre jour, dans un village non loin de chez nous, un fermier d'âge mûr s'est suicidé. Le puits situé à quelques verges de sa maison le reliait à la terre. C'est par le puits qu'il y est retourné.

Depuis plusieurs jours, d'étranges soucis lui barraient le front. Son fils a fait remarquer qu'il ne chantait plus en poussant les bêtes aux semences. Un habitant des voisinages affirma qu'un soir, vers neuf heures, il l'avait vu assis sur le revers du talus près de la croix du chemin. Il paraissait infiniment préoccupé. Il ajouta que cette attitude lui avait fait pressentir un malheur.

Les gens de sa maison rendirent aussi témoignage. Malgré quelques divergences d'opinion, ils s'accordaient sur l'essentiel, à savoir que le maître de la maison, devenu soudain taciturne, dissimulait mal un air accablé depuis environ une semaine. Les dernières soirées, il les avait passées droit sur sa chaise contre la cheminée, les yeux vagues, les bras croisés sur sa poitrine, sans parler, sans fumer.

Mais enfin, dans cette vie à l'abri des grands tracas, on ne trouvait nulle explication satisfaisante de ce drame.

Quand on chercha plus avant la raison de son suicide, on trouva ceci : il avait perdu, il y a quelques semaines, une magnifique jument brune qu'il appelait « la rueuse », parce qu'elle avait jadis tué un engagé d'un coup de sabot.

Comme il le disait, cette perte le mettait dans un considérable embarras. Il ne savait plus de quelle manière s'opérerait le fauchage des mils, ne disposant pas de la somme suffisante pour accoupler son autre jument.

À vrai dire, il souffrait en ceci d'un gros contre-temps. Car c'est quelque chose d'être bien attelé.

●

VICTIMES DU DEVOIR

Il vient d'arriver un affreux malheur.

Elles étaient douze oies neigeuses et grasses, contentes de vivre. Un jars magnifique, lustré dans son plumage blanc, présidait avec une rare distinction de manières à leur destinée. Sagace, pondéré, d'une autorité à la fois conciliante et ferme, ce jars avait réellement le sens du gouvernement. Il était édifiant à voir quand, la patte levée, dans un précieux dandinement, il dirigeait la procession des oies autour des bâtiments. Les oies picoraient dans l'herbe ou s'épivardaient près des trémies vides et on le voyait, la tête attentive, noblement veiller sur elles afin que rien de fâcheux ne leur arrive. Si les oies, fuyant les ardeurs de la soleillée, s'étendaient paresseusement dans le fourré de pimbina, le jars, lui, restait debout, l'œil rond, en plein soleil. Il donnait à toute la basse-cour un bel exemple de vigilance et de judicieuse direction.

En sus de tant de qualités, il était avantagé d'une belle voix nasale. Il la faisait résonner pompeusement quand il prenait les devants de sa troupe aux heures de promenade dans le verger. Il possédait tous les dons. En vérité, on avait affaire à une riche nature.

Il savait protester, manifestant à la moindre contra-riété une humeur fort acariâtre. La fermière l'avait en grippe à cause de cet irréductible tempérament qui perçait chaque fois que la paix des oies était menacée par l'incident le plus insignifiant. Dans le fond, un vieux conflit existait entre le jars et la fermière.

Cela se réglait à l'occasion par des coups sournois. Soit que le jars pinçât dans son bec le mollet de la fermière ou que la fermière lui bottât le derrière qu'il avait heureusement fort emplumé.

Or c'est à ce jars magnanime qu'est arrivé un malheur, dimanche dernier.

Le soleil d'octobre dorait le chemin du roi. La campagne était invitante. L'attrait de ce dernier beau jour incita le jars à conduire ses compagnes dans la prairie. C'était une manière d'excursion au cours de laquelle on devait se baigner dans le ruisseau. Ce fut un enchantement. La terre sentait bon. Le ciel était compatissant à tous ces lieux que l'automne allait bientôt désoler. Les oies barbotaient, glissaient sur l'eau, folâtraient, s'épivardaient. Elles ouvraient leurs ailes blanches pour simuler l'envolée. Le jars, qui savait être familier à bon escient, dirigeait la joyeuse manœuvre. Dans un concert de voix nasales, toutes fraîches et nettes, elles s'en revenaient maintenant comme les voitures de la messe défilaient sur la route blanche.

En vérité ç'avait été une heure de délassement choisi. On s'était baigné à souhait dans ce providentiel marigot. On avait crié sa joie de vivre. Et dans l'ambre doré de ce beau dimanche on se pressait derrière le jars, comme pour assister au retour des bourgeois.

C'est au passage du chemin du roi qu'est survenu le malheur. Conscient d'un danger possible, le jars cette fois fermait la marche. Il allait se trouver en zone sûre quand il fut happé par l'auto d'un chauffard. Il roula dans la blancheur de ses plumes brisées. Quand on vint à son secours, il gisait inanimé. Le sang maculait le duvet de son cou tordu.

Les oies devinrent hésitantes, un moment. Puis quand elles virent qu'on enlevait le corps inerte de leur jars bien-aimé, elles s'éloignèrent d'une démarche flottante, tirant à droite, tirant à gauche, sans direction. Leur chant rauque disait leur profond attristement. C'était leur adieu au jars dont la vie avait été si droite et si noblement dévouée à la tâche ingrate du gouvernement.

Pendant qu'on déplorait la fin du bel oiseau, elles descendirent dans la mare où leur long cou gracile plongea un moment dans l'eau verte. Déjà, lorsqu'elles remontèrent la côte, un nouveau jars avait pris la direction de la couvée. C'était un jeune du printemps, de beaucoup plus petit que les mères-oies. Mais celles-ci, d'instinct, identifiaient quand même en lui la notion du chef.

•

LA FIN D'UN FERMIER

Dans un hameau de notre village enneigé, un fermier vient d'agoniser dans la force de l'âge. Il s'était égratigné la main sur un clou rouillé. L'inflammation se mit dans la plaie. La blessure se gâta, faute d'avoir été pansée à temps. Et c'est cette blessure qui a causé sa perte.

Cet incident prend le rang parmi les événements considérables aux yeux des gens de chez nous qui ne savent à quoi occuper leur esprit à ce temps-ci de l'année. Pendant les deux derniers jours, ce fut une alerte générale, une course aux nouvelles et, comme l'accident de Prosper avait passablement impressionné les imaginations, les langues y sont allées de leurs commentaires, quand fut connu le dénouement.

Il commençait à faire brun quand la mort est entrée dans la chambre de petite façon où Prosper avait pris le lit une quinzaine auparavant. Urbain Grand'Maison, l'engagé, rentrait de l'étable après le train fait. Il trouva le fournil vide. Selon son habitude, il se mit en devoir d'écrémer la traite du soir quand Georgina, la voisine, vint à lui, le visage défait.

— Urbain, monte vite si tu veux voir mourir Prosper. Il baisse à vue d'œil.

Il la suivit jusqu'à la chambre du moribond. Autour du lit, toute la famille se tenait coite et comme repue d'une résignation fataliste. On distinguait là, à la lueur de la lampe basse, Célestine, la future veuve, qui s'essuyait les larmes avec la pointe de son tablier, la grosse Delvina, sœur du mourant, dont la gorge sautait, Mérée l'opulente brue, Bertine aux sanglots mal refoulés et enfin les cousins Théodore et Alphée et puis une grappée d'enfants lourdauds qui n'avaient pas l'air de se rendre bien compte de ce qui allait se passer.

Au milieu de ce cercle de famille trônait le lit monumental où étaient morts tour à tour les Normandin. Dans
le fouillis des couvertures, la carcasse amaigrie de Prosper
s'immobilisait. Parfois un soubresaut la parcourait. La
bouche amère laissait échapper un faible halètement. Il
parut bientôt à tous que la fin approchait.

Célestine vint s'asseoir sur le rebord du matelas et
comprima le front moite de son mari.

— Prosper, entends-tu... as-tu encore connais-
sance ?

La tête se souleva un peu, indiquant qu'il avait
compris. Elle reprit d'une voix implorante :

— Prosper, tu vas mourir, repens-toi de tes fautes.
Demande pardon au bon Dieu.

— Hein, qu'est-ce que tu dis ? Non, non ! Baisse
la lampe...

— Calme-toi, calme-toi.

— Il me semble que je vois mon père. Baissez la
lampe, je ne veux pas le voir.

Sur ce propos, Prosper donna une ruade dans ses
couvertures et se tourna vers la cloison sur son bras malade.
Il ne broncha plus.

— Récitons le « Souvenez-vous », sanglota Célestine, pour que la Sainte Vierge ait pitié de son âme.

Entre haut et bas les voix chuchotèrent la touchante
prière. Ce soir de février était empreint d'une étrange

peur. Un coulis de vent s'insinuait par le chambranle de
la lucarne, dissipant pour un moment le relent qui s'exhalait de la couche. Quand les voix se turent, la main
valide du mourant fit le geste de s'agripper à un objet
invisible. Signe infaillible de la mort. Quelques interminables secondes s'écoulèrent et le torse de Prosper,
après s'être soulevé, se rabattit, inerte cette fois, sur la
paillasse. Sans même voir le crucifix que la main de
Delvina tenait au-dessus de son visage, il avait cessé sa
vie de misère et d'incrédulité.

La nouvelle de sa mort ne traîna pas. Elle se répandit
avec le mauvais vent dans tout le rang, malgré le soir
neigeux qui effaçait les roulières du chemin. On vit bientôt les premiers voisins accourir à la maison où la mort
avec tout son puéril apparat venait de s'installer pour
trois jours.

Pauvre Prosper ! Dans quel état était-il parti pour
l'au-delà ? Ce point torturait les esprits.

— Il est mort sans les secours de la religion, se
murmurait-on à l'oreille.

— Il a refusé de voir le curé jusqu'à la fin.

— Il a fini comme son défunt père. C'est bien de
valeur de mourir comme ça, comme un chien.

On le disait et c'était vrai. Toute sa vie il avait
méprisé la religion et critiqué les prêtres. Le Grand Juge
n'a pas voulu qu'il se convertisse à son dernier moment.

Dommage qu'il ait eu cette toquade en tête ! C'était un bien bon garçon à part cela, courageux et serviable. Seulement il ne fallait pas lui parler de faire ses pâques. Ça le mettait hors de ses gonds. C'est qu'au fond il avait un reste de vieux sang huguenot dans les veines, rapport à Godefroy, son ancêtre. D'impérieux hérédismes régissaient son front raisonneur. Il considérait la piété comme une occupation de vieilles, et il n'en avait que faire. Il discutait tout, niait tout. Le Bon Dieu l'accepte malgré tout dans son Ciel ! Il croyait si fort avoir raison qu'il ne portait plus la responsabilité de son endurcissement têtu.

C'est avec un cœur serré que j'évoque son souvenir. Il avait loué près de notre ferme un petit pacage où il mettait ses vaches en pâture. À la fin du jour, dans le chaud crépuscule des mois d'été, je le revois courtaud et rubicond sur la route poudreuse. Dans un nuage de poussière blonde, il s'avançait derrière son troupeau, le visage écarlate sous le cercle ombré de son chapeau de paille. Il balançait curieusement les hanches, car il était affecté d'une légère claudication.

MONSIEUR EUSÈBE

Monsieur Eusèbe était un chef de gare à la retraite.

Je dis un chef de gare ! Il avait été tour à tour inspecteur des bouilloires, commissaire des terres de la Couronne, gouverneur de prison et que sais-je encore ? D'humeur enjouée et changeante, il était de telle nature qu'aucun emploi ne l'avait uniformisé à sa platitude. Triomphant de tant de métiers, la vie l'avait bercé d'une mer à l'autre.

Mais c'était en qualité de chef de gare qu'il touchait maintenant chaque mois une modeste pension de retraité.

Après avoir tâté de vingt gagne-pain, plein d'histoires et de légendes, il était venu couler ses vieux jours en son village où seul un cousin perclus surnageait encore de sa famille éteinte.

Il habitait seul la petite maison qui l'avait vu naître. Il y retrouvait, à peine transformé, le décor de son enfance : une cour sableuse garnie de feuilles de plantins, une haie fleurie, l'ondulement des plaines, un ruban de route qui semble aller rejoindre après mille détours l'azur des cîmes.

Les voix du passé conversaient avec lui. Dans ces lieux tranquilles, encore tout bruissants des rumeurs de l'autrefois, il goûtait une paix empreinte de sagesse gaillarde et de rêve.

Il avait acquis une petite panse à se reposer, une petite panse dont il pouvait tirer quelque vanité car elle lui faisait un peu l'effet d'une consécration officielle, tardive et bienvenue, qu'on blague volontiers en la vénérant. À près de soixante-dix ans, il était toute rondeur : mains grassouillettes, blanches en dedans, poilues et craquelées au verso, tête ronde, aigrettée d'une mèche rouillée et se mouvant sur un cou très court, comme à charnière. La chair des oreilles était luisante et pleine ; le nez au cartilage quelque peu désœuvré trahissait l'habitude des coryzas. Sous la poche fine des yeux s'épanouissaient d'aimables bajoues roses. Et la moustache aux savants tire-bouchons !

C'était plaisir de le voir promener sa joyeuse bedaine, d'un pas musard, sans souci de l'heure. Il avait l'âme bucolique. Le soleil étalé sur les orges, les rideaux de peupliers au sommet des côteaux, le silence parfumé d'odeurs de trèfles, la brise qui vous caresse soudain le visage, la vue d'une jeune sarcleuse dans un potager, tout cela le remplissait d'une joie tranquille et donnait à sa bonhomie une allure souriante.

Il s'appuyait à peine sur une jolie canne fuselée et emboutée d'argent. Un pantalon de toile grise, à raies noires, descendait sur ses fines bottines vernissées à la mode ancienne. Il s'en allait ainsi plein d'aise ; et, sous le canotier qui enveloppait son visage d'une bulle d'ombre, ses traits reposés montraient toujours la fin d'un sourire.

Dans la légèreté du crépuscule, monsieur Eusèbe regagnait à petits pas son blanchiment. Les poules se précipitaient à sa rencontre. Misaine, la chatte d'Espagne, se frôlait sur sa jambe. Tout-Nu, le poulet déplumé, avec son cou tordu, accourait, comme toujours, à reculons, derrière la volaille ; le jars, parmi la neige précieuse des oies, coincoignait joyeusement contre l'étable ; Tutti, la corneille apprivoisée, éventait sa cage et Bijou, le chien truand recueilli un soir d'hiver, balayait de sa queue le pignon de sa niche. Monsieur Eusèbe lui rendait aussitôt la liberté.

Parfois, avant de procéder au trantran du soir, il se reposait, assis à même le perron. Bêtes et volatiles lui tenaient compagnie. Bijou cherchait à placer une lichette. Misaine s'emparait de ses genoux. Un poulet poussait l'audace jusqu'à tirer les poils de sa moustache pendant que les poules industrieuses becquetaient les boutons luisants de ses bottines.

Et lui, le front découvert, il demeurait là, doucement bercé par quelque rêverie, repassant la trame de ses années, interrogeant peut-être encore l'avenir. Et son regard un peu mélancolique se perdait au loin, sur les buttes coiffées de maisons qui se renvoyaient des cris d'enfants.

Monsieur Eusèbe, était ennemi de ces habitudes pantouflardes qu'on dirait inhérentes aux retraités. Avec lui, point de ces mornes journées dont l'emploi obéit à

l'austérité invariable d'un programme. Il s'était ménagé
une vieillesse souriante, encore que solitaire, ouverte à
l'imprévu et à toutes les menues joies dont il n'avait cessé
d'être friand. À cet âge encore l'éclosion d'un printemps
lui était motif à manifester une gaieté enfantine.

L'âge n'avait pas défloré son esprit. Le cœur demeurait toujours vert. Il y avait place en lui pour les plaisirs
jugés insignifiants par les autres vieillards. Ainsi il aimait
converser et jouer avec les tout-petits dont il goûtait
l'ingénieuse sottise. Par contre, rien ne semblait le morti-
fier davantage que le commerce des vieillards ordinai-
rement imprégnés d'une odeur de pipe et tout dégouli-
nants de sentences et de proverbes. La vue paraissait
l'effrayer d'êtres figés dans l'éternel, à peine préoccupés
de rhumatismes et de gros sous.

Le cousin Honoré, son aîné de quelques années,
venait parfois le voir, tout courbatu sur ses vieilles jambes.

— Comment te portes-tu, Honoré ?

— Ah ! mon pauvre Eusèbe, ça décrépit de jour en
jour, geignait l'austère cousin. Je n'ai plus de jambes,
plus d'yeux, plus d'estomac.

— Plus rien qui vaille, enchaînait monsieur Eusèbe,
et pourtant, tu as bien encore ta vieille tête dure.

— Ah ! pour ça, oui, mais j'ai perdu la mémoire.
À matin j'ai serré ma pipe, après déjeuner, et j'ai pas pu
la retrouver. Je cré que c'est le diable qui me l'a chipée.

— Je ne suis pas un magicien, mais tu dois l'avoir
dans tes poches ; regarde, tu vas voir.

Le vieil Honoré enfouissait sa main crochue dans ses poches poisseuses et tout à coup un petit « Hop ! la v'là ».

— C'est comme je te dis, mon pauvre Eusèbe, je ne me souviens plus de rien. Ma brue Alphonsine me trouve ben dur de comprenure.

— Eh bien ! dans ces conditions, rétorquait monsieur Eusèbe, tu n'as plus aucun plaisir à attendre de la vie, la fin te sera douce.

— Hé ! hé ! ricanait le vieil Honoré, agacé par ces propos quelque peu offensants ! Tu peux te vanter toé, Eusèbe, tu as fainéantisé toute ta vie. C'est pas à délivrer des tickets derrière un petit guichet qu'on se foule le rinqué, hein ! Moé, je me suis toujours démené sans prendre garde. Et encore aujourd'hui je m'en donne trop. C'est que ça, j'arrive betôt à soixante-quinze.

— Commence pas à te vanter, Honoré ; tiens j'm'en vas te faire de la musique ; ça te changera les idées.

Ce disant, monsieur Eusèbe plaçait un disque de valse ancienne sur son phonographe et, au zézaiement d'une grêle musique, il esquissait un sautillement dans la place.

De retour à la maison, Honoré gémissait en cherchant sa pipe :

— Ce pauvre Eusèbe, il n'est pus ben intéressant à visiter. C'est curieux, il paraît encore solide, et pourtant il n'a pus dans la tête aucune espèce de raisonnement.

*
**

Par contre, monsieur Eusèbe avait découvert au hameau de La Meunerie une fort allègre petite vieille nommée Josette. Nom déjà plaisant. Soixante-cinq peut-être, elle en paraissait soixante à peine. Une taille encore mince, des yeux pétillants, de fins cheveux gris tordus en chignon et, avec cela, un petit air déluré et entreprenant. Bref quelqu'une de tout à fait ingambe quoiqu'elle eût été mariée trois fois. Il y a parfois de ces miracles.

Depuis qu'il avait fait cette agréable découverte, monsieur Eusèbe aimait pousser sa promenade jusqu'au fournil de François, l'aîné du premier lit, où Josette, après son dernier veuvage, avait établi sa demeurance.

Il la surprenait toujours en activité autour du pot-au-feu.

— Ah ! c'est Eusèbe, s'écriait-elle en apercevant le retraité. Viens jaser. Tiens, assis-toé là, à la lumière.

Puis, elle le considérait, tout propret dans sa fine chemise amidonnée.

— Sapré Eusèbe, ça rajeunit à tous les jours ! C'est vrai qu'il fait ben beau aujourd'hui ! Mon Dieu, que c'est donc plaisant ce bon petit vent qui vient par la fenêtre, et tout ce beau soleil...

— Et toi, que fricotes-tu là ? demandait aimablement monsieur Eusèbe.

— Ah ! tu n'as pas le nez fin. C'est une belle poule grasse. Imagine-toé que François lui a fauché les pattes en détourant. On va la manger, pas vrai Eusèbe, astheure qu'elle a pus de jambes.

Les propos de Josette ignoraient les sornettes et les palabres. Tout ce qu'elle disait était près de la vie et mouvant comme la vie. Et ses paroles, le ton sur lequel elle les éparpillait, et le son bien timbré de sa voix faisaient peut-être oublier son âge. Elle ajoutait :

— Attends un peu, Eusèbe ; si rien ne te presse, on va jouer une petite partie de casino. En as-tu repris depuis la dernière ?

Elle s'essuyait les mains à son tablier et plaquait bientôt les cartes sur le ciré de la table. Dans un chantonnement de marmites, la partie commençait. Finaude et pleine de ruses, Josette raflait les as, les piques et presque immanquablement le grand dix. Et ce qui charmait surtout monsieur Eusèbe, c'était l'innocente coquetterie qu'elle mettait à tricher. Cela représentait à ses yeux un ultime défi à la moralité.

Monsieur Eusèbe n'avait pas de maladie de peau. Il n'était pas non plus épileptique. On ne lui connaissait aucune tare morale. Il avait dû être solide et beau dans l'âge mûr. Sans compter qu'il était d'un naturel doux, affectueux. Pourquoi avait-il dépassé la soixantaine sans associer une compagne à sa vie ?

Cette question préoccupait l'esprit des bonnes femmes. Les commentaires tournaient dans un cercle vicieux. Les intelligences les plus déductives s'avéraient impuissantes à découvrir la vraie raison de ce célibat. Plusieurs parlaient d'un premier amour déçu. D'autres croyaient à des habitudes égoïstes, d'autres à des aventures. En définitive, personne ne voyait bien clair dans les raisons du retraité.

Il est des hommes que leur nature fixe à jamais dans le célibat. Ou la timidité les aura tenus à l'écart de toute prétention amoureuse, ou des vues déformantes auront faussé la perspective du mariage. Il arrive aussi que la sensualité fasse rechercher un impossible idéal charnel. Plusieurs auront vainement tenté de découvrir dans la femme le visage du plaisir et, plutôt que de soumettre à temps leur jeunesse à la sage contrainte de l'union, prisonniers d'un filet d'habitudes, ils se seront peu à peu racornis dans une liberté solitaire et jalouse.

Aucune de ces explications ne convenait à monsieur Eusèbe. Je m'en suis rendu compte, un jour qu'il voulut bien s'ouvrir à ma curiosité.

— Ici, au village, raconta-t-il, du temps des anciens, on menait une joyeuse vie. Le jour il fallait trimer dur, mais le soir, malgré les avertissements des vieux qui nous voyaient maigrir durant les beaux mois d'été, le soir nous appartenait. Il y avait une jolie fille à chaque maison. Tous les soirs de bonne veillée nous allions en courtiser une. Pour ma part, dans le pimpant boghei de mon père, j'ai promené les plus belles. Sans me vanter je peux dire que je n'avais rien de repoussant quand, mes études finies, j'aidais aux travaux de la ferme en attendant une situation.

Il y avait Germaine, une belle noire, aguichante et primesautière, qui ne me dédaignait pas. Ses longs cheveux formaient deux tresses qu'elle nouait au-dessus du front. Je me souviens des beaux dimanches, des promenades dans la sucrerie.

Et puis Antonine, petite diablesse aux sourcils fléchés. Elle avait les manières et la voix gaillardes bien qu'au fond elle fût l'innocence même. À cause de tant de charmes, une veillée en sa compagnie, c'était une joie sans pareille. La pneumonie l'a emportée à vingt-deux ans.

Et Françoise. Elle avait un rude père, le forgeron. Elle tenait de lui, dans toute sa personne, une certaine manière forte. Son principal attrait consistait dans un petit nez retroussé au-dessus de lèvres sanguines d'un dessin parfait. Elle était mordue pour la danse et nous courions les veillées où on dansait. Elle avait comme un trop plein de vie qu'il faut dépenser. Solide et ferme, le visage fleuri d'un sourire qui montrait sa denture saine, je la faisais tourner des heures et des heures au son du violon.

Monsieur Eusèbe semblait revivre ses souvenirs en les racontant. Nous étions assis dans la cuisine que baignait une coulée de soleil. Il parlait lentement, d'une voix nuancée et ses mots ressemblaient aux couleurs atténuées d'un vieux peintre.

— Je partis pour Montréal où j'ai fait quelques longs mois de cléricature. Je pensais alors devenir notaire. Le soir, pour me reposer l'esprit des actes notariés, j'allais siroter un « bitter » dans un bar dansant, mon manuel de code sous le bras. Ce bar s'emplissait chaque soir de filles et de garçons fêtards. Seul à ma table je m'attardais à examiner cette faune un peu spéciale. J'étais là parce qu'il y avait des sons de violons, l'odeur du tabac, le balancement des couples, enfin toutes ces choses qu'on recherche à vingt ans. Bien sûr je n'entendais pas me choisir une amie dans ce troupeau de filles vulgaires. Un soir pourtant, par hasard, j'en remarquai une, nouvelle venue. Elle s'était assise à la table voisine de la mienne, seule, mince dans une longue robe rouge à bouffants, les yeux tristes, la bouche fatiguée. Je crus qu'il s'agissait d'une pauvre petite bonne venue de la campagne et, comme elle n'était pas déplaisante à voir, j'allai lui proposer un tour de valse, pensant lui faire plaisir. Elle me considéra un moment et me dit : « Merci, monsieur, j'ai mal aux pieds. »

Malgré le ton ironique sur lequel cette phrase avait été nonchalamment prononcée, la petite me paraissait pourtant égarée dans ce milieu désœuvré.

À peine m'étais-je rassis qu'un aigrefin au visage boutonneux la prit par le bras et la fit valser. Intrigué plutôt que vexé, j'attendis.

La jeune fille n'avait plus mal aux pieds asurément, car elle tournait comme une marionnette dans les bras de son partenaire. Entre deux valses, celui-ci naturellement la faisait boire. À la fin de la soirée, comme la salle commençait à se vider, elle se trouva à peu près grise. Le jeune homme voulut l'emmener, mais je m'avançai et, sans grande peine, je le persuadai qu'il valait mieux laisser cette pauvre fille tranquille ; il en avait assez abusé.

Quand il fut parti, je la fis habiller et, d'autorité, je la conduisis à la pension où je demeurais. Le lendemain j'allai la voir dans la chambre que je lui avais fait préparer et où elle avait passé la nuit. Elle me remercia du service que je lui avais rendu et se dit heureuse de se sentir à l'abri de tous ces souteneurs dans les mains desquels, pauvre orpheline venue de la campagne, elle était finalement tombée, faute d'emploi. Je lui trouvai donc une place de dentellière dans un atelier de couture et, tant bien que mal, j'essayai de lui faire oublier son mauvais rêve.

Je m'aperçus bientôt que son éducation n'avait pas été mauvaise, car elle avait conservé de bonnes manières. Je lui prêtai des livres ; elle aimait lire. Je passais mes soirées libres en sa compagnie, dans la salle commune de la pension. Le dimanche, nous nous promenions comme de vrais amis dans les parcs. Parfois même je l'emmenais au théâtre. Je lui avais arrangé une vie doucement régulière, et dans laquelle elle se complaisait. Elle me parlait souvent d'un oncle unique qui l'avait élevée et qui demeurait dans le Bas-du-Fleuve. Nous avions fait le projet d'aller visiter cet oncle chez qui je lui avais conseillé de retourner.

Peu à peu je m'étais pris à aimer malgré moi cette jeune fille, après l'avoir incidemment soustraite à un

mauvais entourage, par pitié, comme n'importe qui l'aurait fait. Elle me considérait un peu comme son protec-
teur et je crois que, bien qu'elle se montrât peu démons-
trative, elle partageait mes sentiments.

Il y avait près d'un an que cette rencontre s'était
produite, quand Marcelle, — c'était son nom — s'absenta
sans me prévenir. Comme elle n'avait pas reparu depuis
deux jours à la pension, je résolus d'aller aux nouvelles.
Je me rendis chez la couturière et je demandai si Marcelle
y travaillait encore. On me répondit qu'elle n'y était pas
venue depuis deux jours. On ajouta qu'un jeune homme,
comme chaque soir, était venu la prendre à la sortie de
l'atelier.

Je demeurai confondu par cette nouvelle. Son ancien
milieu l'avait-il reprise ? Cette conjecture me semblait
absurde tant son repentir m'avait paru sincère. J'attendis
son retour, mais vainement. Deux mois après, ayant
abandonné l'étude, je partis en vacances chez mon père,
sans l'avoir revue.

HISTOIRES
DOUCEMENT GAIES

UN DINDON EN AFFAIRES

La pipe de cèdre culottée aux lèvres, Damien promenait ses petits yeux gris sur le courrier de l'aviculteur
dans le *Bulletin des Fermes*. Joignant l'utile à l'agréable,
chaque soir, il consacrait ainsi quelques heures à l'étude,
selon les conseils de l'agronome.

— On prend toujours des bonnes choses dans le
Bulletin, aimait-il à dire à son voisin Alphée qui, par
malheur, ne savait pas lire. C'est écrit par des spécia-
lisses... Tu sais, on a beau s'démener, si on sait pas s'y
prendre...

Le *Bulletin des Fermes* n'avait pas plus fidèle lecteur
que Damien. Il était encanté dans sa berceuse, les pieds
en mitons. Sur son long nez aux narines poilues reposaient
les bésicles d'or de son défunt père. Comme le caractère
d'imprimerie était fin et serré, il avait la lampe bien en
place, derrière lui, de façon qu'elle éclairât la page à
plein. Ce soir-là, détaché du monde réel, il s'absorbait
dans sa lecture qui semblait le hisser dans les hautes
sphères. Tout à coup, d'un mouvement nerveux, il fit
tanguer sa berceuse, l'immobilisa, délivra son nez de

l'antique monture dorée et déposa son journal sur le coin de la table. Signe qu'il venait de lui entrer quelque chose d'important dans la cervelle.

— Bonne femme, dit-il à Fonsine toute à son tricot dans la pénombre, le *Bulletin*, ça devrait être l'évangile de tous les habitants.

Il essaya en vain d'aspirer la fumée de sa bouffarde qui venait de s'éteindre sous la cendre et continua :

— Je viens de lire un article convaincant sur l'élevage des dindes. Oui, les dindes. Tu sais, nous autres, dans la place, nous avons toujours été trop bêtes pour en élever. Il ne faut pas nous parler de nouveauté, oh ! non ! On est toqué sur les poules de père en fils, comme si c'étaient les oiseaux du bon Dieu. Et pourtant les dindes...

— J'ai toujours entendu dire que c'était malaisé à réchapper, émit Fonsine qui n'aimait pas ce propos douteux, voire incongru.

— Ah ! non, c'est un préjugé, comme y disent dans le *Bulletin*. Ben entendu, il faut pas laisser des petits dindes d'un mois à la pluie ; ça demande de la surveillance jusqu'à temps que la crête leu pousse. Après, ça se nourrit d'herbes et y a pas à s'en occuper. Et pis ça rapporte deux fois plusse que les poules, par rapport aux bourgeois, qui en font une grosse consommation à Montréal.

Avec une profonde conviction, Damien contempla ses pieds douillettement posés sur le tapis crocheté.

— Moé, vieille, j'te dirai ben franchement qu'sus tanné des poules. Les couvées n'ont pas trop réussi et les œufs s'donnent. C'est toujours la même routine de quêteux... Tiens, tiens, il faudrait pas que je relise c't'article-là deux fois, vieux diable... Quand j'vois toujours c'te peur du risque...

Patati, patata, les dés étaient jetés. Le lendemain avant-midi, malgré les objurgations de Fonsine qui était d'esprit traditionaliste, Damien mit son roussin dans les brancards de sa barouche et partit du côté de Sainte-Anne.

— Salut, Damien, où que tu vas, de ce train-là, s'enquit Pitro qui était à bardasser dans son hangar.

— Hé ! hé ! je m'en vas à la ferme expérimentale.

— Et pour quoi faire don ?

— Acheter des petits dindes.

— Pour élever ? Bougre, quelle idée !

— Ouais, pour élever. Pour sûr sacrégué ! Nous autres dans la place, on a peur du nouveau.

— Mais les dindes, mon Damien, c'est si difficile à mener à bon terme !

— Ah ! pour ça j'suis ben tranquille. Tiens, y faudrait pas que j'te lise les articles du *Bulletin,* mon pauvre Pitro. Ça pourrait t'ouvrir les idées.

Et le soleil dorait encore les mils de la Rivière-à-la-Lime, que Damien revint avec son achat. Une douzaine de jolis dindonneaux de trois semaines, ayant bien encore à cet âge quelques points de ressemblance avec de vulgaires poussins, mais tout gentils avec de petits derrières safranés, des yeux brillants comme des perles, de bons becs ambrés, et ce duvet soyeux couleur de cendre dans lequel s'imprimait déjà la zébrure des ailerons.

Et quel air aristocratique, hein ! Damien s'employait à les faire valoir, à les accréditer auprès de Fonsine.

Ça ne fut pas bien long. Ils étaient si gentillets. Elle les contemplait avec attendrissement, l'œil déjà séduit par la grâce de leurs manières.

— On peut pas s'empêcher d'aimer ça, mignonnait-elle bientôt en passant une main caressante dans la cage.

— Astheure, Fonsine j'compte sur toé. Il va falloir suivre mes instructions à la lettre. Pour le moment on va les faire garder par une poule couveuse. Hé ! hé ! une poule couveuse pour des p'tits dindes ! Il paraît pourtant que ça s'aperçoit pas de la trique. Et puis on va les mettre au sec, bien à part, dans la niche du chien qu'on renclora de lattes. Soir et matin, purée légère. Le jour, veiller à leur éviter les coups de soleil. Quand l'orage menace, voir à les protéger, etc.

Ah ! les heureux jours vécus dans la pure exaltation du risque, cette impression de renaissance, de triomphe et d'accomplissement, si vivement ressentie à toute heure du jour ! Ce fut un bel été. Damien avait du cœur au travail et il s'avérait plein de malice et de gaieté. D'ailleurs, ça venait à plein dans tous les clos. Le foin surtout se surpassait. Et enfin, hâtons-nous de le dire, il y avait les dindonneaux, les premiers à la Rivière-à-la-Lime. Fonsine en avait fait peu à peu son affaire quoique lui,

Damien, qui le premier en avait eu l'idée, se réservait un droit de priorité sur leur éducation.

C'était merveille de les voir évoluer dans la cour, d'un pas aérien, parmi les herbes courtes qu'elles picoraient de-ci, de-là, d'un bec dédaigneux et avec des manières de demoiselles. Elles progressaient en âge et en dignité. Les plumes avaient remplacé le duvet. Elles étaient hautes et fuselées, avec de fines pattes noisette. Un dindon s'était même peu à peu révélé parmi la couvée. Bien que la crête lui perçât à peine et qu'il ne portât pas encore la cravate, il ne tardait pas à prendre un indéniable ascendant sur la basse-cour. Toute la volaille s'écartait sur son passage. On saluait en lui une notion, un principe agissant : celui de l'autorité dûment constituée. De fait, il faut le dire, c'était une nature d'élite, hautaine, un peu rêveuse, mais capable d'une autorité bienfaisante sur la basse-cour qu'avaient divisée jusque-là des luttes intestines. Il n'avait eu qu'à paraître, qu'à se révéler. Un changement immédiat dans les façons avait marqué son avènement. Par la seule persuasion de sa présence, il imposait une certaine humanité à deux coqs impertinents et sans principe qui, tels des féodaux, avaient étendu leur domination arbitraire et rançonneuse sur la basse-cour. Désormais, à l'ombre du nouveau maître, les pondeuses avaient recouvré leur rang social. Bien que leur situation fût naturellement inférieure à celles des dindes, elles étaient libres et pouvaient à leur guise éparpiller leur rêverie industrieuse autour des bâtiments, sans craindre les impulsives agressions de nos deux coqs. Inutile d'ajouter pour ceux-ci que, du fond de leur humiliation, ils avaient voué une haine tenace à ce bel oiseau aux glouglou-tements distingués et aux allures de grand seigneur. Ah ! les pôvres, s'ils avaient su qu'ils devaient cette éclipse mortifiante au *Bulletin des Fermes* !

Les mois passaient. L'expérience de Damien semblait devoir réussir à merveille. Il s'en montrait tout fier aux voisins qui venaient admirer les façons de ce nouveau volatile.

— Vas-tu les vendre, voici l'automne ? lui disait-on.

— Vous êtes tous des fous ou des farceurs, s'exclamait Damien. Si je vas les vendre ? Allons ! Ben sûr que je vas les garder pour les faire couver au printemps.

Par cette décision provocante, Damien se créait un entourage jaloux. L'expérimentation des dindes troublait la tranquillité des voisins. Ah ! ça, il fallait non seulement considérer l'annonce du progrès, mais aussi songer à se mettre à son diapason pour ne pas demeurer en laisse avec ce matois de Damien. Si Damien élevait des dindes, il fallait, pour rester sur un pied d'égalité, qu'on en élevât aussi. Ah ! satané *Bulletin* ! On savait bien d'où venait cette idée. Aussi le mécontentement avait conseillé à tous les abonnés du rang de remettre leur abonnement au *Bulletin des Fermes*.

Quant au dindon, il fallait le voir et l'entendre. Dieu, quelle prestance et quelle voix ! De semaine en semaine, triomphant de la vanité et de la sottise inhérentes au jeune âge, il se métamorphosait, devenait insensiblement un beau et inaccessible dindon. Ses instincts avaient pris de la hauteur. Les querelles de coqs ne l'intéressaient plus. Foin des lamentables flâneries à l'ombre des bâtiments ! Il lui fallait l'espace, la liberté au soleil. Il aimait marcher dans les hautes herbes que son long cou dominait. La vue de la ferme, de Damien, de Fonsine et des bêtes lui donnait à présent l'envie de faire des fugues.

De bon matin, il menait ses sœurs à la campagne, dans les trèfles encore rafraîchis de rosée. On se baladait parmi les marguerites et les fleurs de moutarde. Le soleil mûrissait la couleur des plumes. La bonne vie ! On s'aventurait jusqu'à la coulée où les herbes parasites avaient cette saveur pimentée qui réjouit tant l'œsophage des gallinacés. Le soir, on rentrait des champs à la brunante pour la pâtée supplémentaire : pomme de terre, farine d'avoine, peut-être bien des fèves arrosées de lait écrémé.

Le dindon venait en tête, accrêté, le jabot en avant, les caroncules dilatées et la queue en éventail. Il accourait d'un pas précieux, tendant le cou dans un gloussement rauque et colérique. À considérer les reflets sanguins de son jabot, on eût dit qu'à tout moment il frisait l'apoplexie.

Après la pâtée, pendant que les poules, une à une, s'alignaient au perchoir de l'écurie, les dindes s'at-

tardaient dans la cour déserte où les ténèbres s'embus-
quaient.

Damien avait voulu que ses dindes se juchassent à
une hauteur convenable. C'était là un souci de vanité
bien compréhensible. Pour cela, au faîte de sa grange,
il avait installé une grande roue, immobile en plein vent,
où dindes et dindon venaient se percher dans la nuit.

Aux approches de novembre, dans toutes les fermes
d'alentour, on tordait le cou à la volaille engraissée.
Damien fit de même pour ses plus vieilles poules et ses
deux coqs. Mais pas une tête de dinde ne tomba. Les
voisins s'en offusquèrent. Ils vinrent lui en causer à la
veillée.

— Damien, Damien, arguait-on, la voix pointue…

— Ah ! non, comprenez don que je ferais une bêtise.
Je sais, on va m'offrir un bon prix, mais ce sera ni à
Noël, ni au jour de l'An. Au lieu de me tenir mauvais
conseil, vous auriez dû m'imiter, et en faire autant, vous
autres aussi. Vous voyez, ç'a bien réussi. L'automne
prochain, à pareille date, si la malchance s'met pas en
travers, j'aurai cinquante dindes dans ma cour.

Devant cette obstination tenace les voisins s'en
retournaient déprimés, l'œil mauvais sous la casquette,
et de troubles desseins envahissaient leur raison.

L'hiver ramena les poudreries et les bancs de neige
dans la cour. Les dindes vivaient maintenant au chaud,
cloîtrées dans une bergerie désaffectée attenante à l'étable.
Un matin, Damien en poussa la porte comme d'habitude

pour leur donner la pâtée. Malheur ! la bergerie était déserte. Les péronnelles avaient-elles tiré le verrou ? Le cœur serré, Damien fit un pas en avant et découvrit dans un coin, tout penaud et enveloppé de nuit, son dindon, son dindon triste à mourir avec un sachet de toile ficelé au cou. Devant ce spectacle, Damien se gratta le cuir chevelu, demeura un moment immobile, les yeux fixés sur le sol, et peu à peu l'implacable lumière se fit dans son esprit.

— Ah ! ah ! mon gros, y sera passé un commerçant. Quel prix que tu les as vendues ?

Il prit le sachet au cou du dindon, l'ouvrit et y trouva cinq billets de deux dollars. Les voisins, assez honnêtes après tout, s'étaient donc cotisés. Quelle histoire !

— Ça fait dix piastres en tout pour huit dindes pesant deux livres chacune. Ça me paraît bien payé mais il va falloir que je consulte l'échelle des prix dans le *Bulletin,* pensa-t-il tout haut, pendant qu'il servait à déjeuner à son unique dindon, dernier vestige de son expérience.

LE FERMENT DANS L'AUGE

C'était un fin renard que ce Mathurin, petit fermier mais avant tout distillateur et contrebandier de bagosse. Il semblait avoir été confit dans la ruse.

Comme il était un peu la cause que tout le village de la Rivière-à-la-Lime se peuplait d'ivrognes, il avait vu se dresser contre lui le bon curé, la Sûreté provinciale et la vigilante ligue de la Tempérance. Mais le curé avait beau lui consacrer du haut de la chaire des prônes menaçants, Mathurin demeurait bien tranquille. Quant aux agents provinciaux, il les savait trop routiniers pour s'aventurer comme ça, en belle voiture, dans des chemins casse-cou, en vue d'une prise tout aléatoire. Restaient les natures vénales et les membres de la ligue qui comptait dans ses rangs, à part la presque totalité des épouses délaissées, quelques pieuses notabilités et les vieillards. Mais la ligue n'avait pas d'imagination et il considérait les innocentes chausse-trapes qu'elle semait sur son chemin comme l'hygiène du métier.

Aussi quand un ami zélé lui disait :

— Mathurin, tu n'es pas assèz secret, tu finiras par te faire coffrer.

— Crains donc pas, qu'il répondait avec assurance, le gouvernement sait même pas que notre village existe. D'autant plus que je me fous des pics-bois ; le stock est toujours bien tassé dans le foin.

Du fond de sa grange, accrêté comme un prêteur, il dominait le village et les rangs environnants. Son industrie, dispensatrice de joie, était devenue indispensable aux paysans qui aiment sabler cette énergique bagosse pour le goût de feu qu'elle laisse dans la gorge.

C'était un vieux garçon, long sur ses jambes torses, tout sec, osseux et noirâtre, le visage couleur de sillon blême. Sous la tignasse de ses cheveux poivrés roulaient des yeux percés en vrille.

Il habitait la petite ferme paternelle assise au milieu de champs sableux, un peu en retrait du chemin du roi. Sophie, la vieille mère, malgré les hivers qui pesaient sur son dos, tenait la maison en branlant du menton. C'était une octogénaire aux yeux d'insomnie. D'une nature sauvage et bourrue, brave vieille au demeurant, elle savait mener à bonne fin un brassin. Elle ne dédaignait pas, au long d'interminables nuits, de seconder son fils autour du serpentin de zinc. Si un godelureau du village venait sur le minuit heurter à la porte du fournil, de sa fenêtre elle le rabrouait en termes verts :

— Sorte de petit bêta, tu ne pouvais pas t'en passer jusqu'à demain. C'est pas des heures pour déranger les honnêtes gens. À peine si ç 'a du poil sous le nez et ça veut faire l'homme. Ce pauvre Mathurin, vous allez me le faire mourir !

Pour compléter la famille, il y avait aussi un falot personnage répondant au surnom de la Marmotte, petit jeune homme roublard et paresseux qu'on gardait pour l'aide aux travaux de ferme.

Ces trois êtres vivaient dans le climat de mystère et d'alerte que le second métier de Mathurin créait autour des bâtiments dont les alentours étaient hantés, le soir venu, de formes fuyantes.

La ferme avait une mine borgne avec ses toits en sellettes, ses portes déclouées, ses fenêtres et carreaux qui répandaient d'étranges lueurs dans la nuit.

Le jour, on bardassait dans la petite cour encombrée de vieilles mécaniques ou bien on vaquait tranquillement aux travaux des champs. À la veillée, dans le plus grand secret, on distillait la bagosse. Stores baissés, portes verrouillées, sous l'œil morne de l'aïeule, Mathurin et la Marmotte rêvassaient, les jambes allongées devant l'alambic au serpentin dégoulinant.

Parfois Mathurin tolérait que de vieux clients vinssent dans son fournil s'y mouiller la luette. Dans ce cas il détaillait au verre. Nos gaillards discutaient politique pendant que la bagosse les échauffait. Sur les petites heures, il arrivait que la chicane s'élevât. Alors Mathurin chassait la tempête. Il avait la réputation de cogner dur.

Pour lui, il était sobre quand les autres s'enivraient et inversement. Ses saouleries avaient pour cadre la campagne ensoleillée, la route libre. Quand les gens des fermes d'alentour s'affairaient aux champs, une rumeur insolite annonçait le passage de Mathurin.

— Tiens, se disaient les gens, voilà Mathurin qui prend une cuite.

Dangereusement agrippé au pare-boue de sa barouche, le torse mou dans son ample redingote, fleur à la basque et hart à la main, il passait dans un nuage de poussière, chantant à tue-tête des chansons bachiques.

> *En passant par Paris, j'ai vidé bouteille.*
> *Trois de mes amis, y m'ont dit à l'oreille :*
> *Buvons !*
> *Le bon vin m'endort et l'amour me réveille.*

À intervalles réguliers, il allongeait un coup de hart sur la croupe de son cheval qui se vouait à tous les diables. Assis derrière, les jambes pendantes et bêtifiant, se tenait la docile Marmotte. Que venait faire la Marmotte dans ces échauffourées ? On se le demande. Toujours est-il qu'on n'avait jamais vu Mathurin courir la campagne sans être accompagné de son inséparable engagé.

Passait-on devant un perron sur lequel s'aérait une jolie fille, Mathurin arrêtait sa haridelle et, debout dans sa barouche, les membres distors, il lui chantait d'une voix rocailleuse quelque refrain de ce genre :

> *Pour avoir son p'tit cœur,*
> *Ça prend un voyageur*
> *Pour avoir le restant,*

Ça prend un habitant.
Tirelaridondé,
Tirelaridondaine !

Puis il s'en allait en insultant à l'étonnante maigreur de son cheval et en rignochant sur le compte de l'inexistante Marmotte.

Un soir, c'était en période électorale (et il était chaud partisan des Libéraux), Mathurin quitta son fournil pour se rendre au village, plus précisément dans la salle du restaurateur où se tenait une assemblée.

— Tu vas voir, la mère, s'écria-t-il, en passant le seuil, j'vas leur montrer où la chatte a mis ça.

Il était assez gris, ayant déjà le verbe abondant et querelleur. Deux heures s'étaient écoulées depuis son départ, et la vieille Sophie s'inquiétait, seule dans l'obscurité : « Il doit être en train de faire le jars, pensait-elle. Mais il est si émêché qu'il se fera moucher. » (Mathurin avait été dans son jeune temps un redoutable matamore, mais à présent, son coup de poing en avait reperdu). N'y tenant plus, rongée par l'inquiétude, la vacillante octogénaire s'atourna les épaules d'un châle et partit sur la route enténébrée.

Elle avait été une femme capable, mais à quatre-vingts passés, allez, on a fini de sautiller. Clopin-clopant, elle atteignit le village et se présenta au restaurant où régnait une odeur de bataille. Dans la salle, selon son pressentiment, elle trouva Mathurin aux prises avec des malandrins à rouges trognes. Il surnageait avec peine dans la mêlée en laissant échapper des grognements. On raconta qu'il avait invectivé un orateur et qu'à la suite d'une altercation on lui faisait un mauvais parti. Ils étaient quatre ou cinq courtauds rués sur le pauvre homme dont le poing énorme s'élevait lentement pour s'abattre comme une massue sur leurs vilaines têtes. Bientôt Mathurin s'écroula, bourré de coups. Alors la courageuse Sophie s'élança à sa défense.

— Lâchez-lé, bande de vauriens ! On se met pas dix sur le même. Un par un, il peut tous vous étriper. Autrefois il les aurait aplatis vos vilains nez.

Devant la vieille mère aux épaules soudain dévoûtées, les chicaneurs se rangèrent, laissant voir la longue carcasse de Mathurin affaissée dans un coin.

— Viens, mon p'tit gars, murmura Sophie en s'approchant. C'est pas ta place icitte... Bande de vauriens !

Et l'aidant à se relever, elle le ramena à son bras parmi le silence étonné.

Mais il vient d'être pincé, Mathurin le fin renard. Sa prise était depuis longtemps différée. Un peu par crainte des sarcasmes en cas d'insuccès, les policiers avaient sans cesse retardé la perquisition. Mais les plaintes s'accumulaient, la ligue de Tempérance devenait menaçante. Le coup fut donc tenté, un beau matin d'octobre.

Mathurin était à soigner ses porcs dans la petite soue attenante à l'étable. La Marmotte écurait les litières.

Quant à l'aïeule, elle était à tourner les crêpes du déjeuner.

Trois hommes habillés en civil descendirent d'une auto et ils se partagèrent le terrain. L'un pénétra dans la cuisine, un autre se posta dans la porte du hangar, le troisième se dirigea vers l'étable. La Marmotte, qui bêflait dans la fenêtre à carreaux, le vit venir.

— M'sieu Mathurin, en v'la un.

— Qui ça ?

— Une police, j'cré ben. Ils viennent d'arriver, trois gros hommes.

En entendant ces mots, vite, Mathurin gagna sa cachette, prit son quart de ferment et s'en fut le vider dans l'auge à cochons. À peine avait-il eu le temps de cacher la canistre qu'un des agents s'amenait vers lui, escorté de la Marmotte plus morte que vive et qui roulait de gros yeux hébétés.

— Un beau matin, fit le monsieur.

— Oui, assez beau, répondit Mathurin, feignant de peigner la tasserie avec une fourche.

— Êtes-vous M. Mathurin Dubord ?

— Oui, c'est moé.

— Eh bien ! M. Dubord, on se plaint de vos activités dans le canton. Il paraît que vous distillez et vendez de la bagosse ?

— C'est arrivé dans le passé, mais plus astheure, m'sieu. Oui, oui, vous pouvez me croire, j'distille pus, la Marmotte peut le dire.

— Qui ça, la Marmotte ?

— C'est lui, dit Mathurin en désignant son aide.

— Ha, ha !

— C'est comme je vous dis, enchaîna Mathurin, j'aimerais bien pouvoir m'accuser, mais de quoi ?

— Dans ce cas, M. Mathurin, je vais me voir dans l'obligation de fouiller les lieux.

Ici la Marmotte tenta de s'esquiver.

— Non, restez avec nous, fit le policier, vous nous aiderez.

Il se mit à circuler dans l'étable, examinant coins et recoins, coinçant les lambourdes, enfonçant une fine tige métallique dans les carrés de gru, donnant des coups de sonde dans les mulons de paille. Ce faisant, il se montrait d'une jovialité presque liante, parlant de tout et de rien.

— Il se pourrait que vous ayez vos cachettes dans le foin. Si on allait voir ça ?

Il passèrent dans la grange où régnait la noirceur.

— Ouvrez donc les portes, jeune homme, commanda l'agent à la Marmotte.

Suivi de Mathurin, il commença une recherche minutieuse et lente, contrôlant une infinité de cachettes possibles, éprouvant jusqu'à la luzerne des claies. Dans son for intérieur, Mathurin se gaussait, sûr qu'à cet instant ses porcs avaient mangé le ferment accusateur.

Quel zèle amusant montrait cet agent ! Une dernière fois il vérifiait les endroits louches, foulait les basses tasseries. Un moment il faillit mettre le pied dans la canistre.

Puis cette crainte se dissipa. Ses compagnons étaient venus le rejoindre après avoir visité greniers, cabanons et hangars. Ils allaient, de guerre lasse, s'en retourner penauds quand, de la porcherie, parvinrent des grognements insolites. De seconde en seconde, la rumeur s'amplifiait et dégénérait en véritable sabbat.

— Vos cochons font le carnaval ? dit le premier.

— On vous retarde peut-être de les soigner ? fit le deuxième.

— C'est pas normal des cris pareils, insinua le troisième agent, qui n'était point bête. Allons voir ça.

Mathurin crut défaillir sur le seuil de sa porcherie. Ses porcs — verrat en tête —, ravigotés par le ferment, menaient une sarabande endiablée dans la demi-obscurité. Sa truie rouge fouillonnait dans le purin et les porcelets titubaient sur le ventre de leur mère.

On trouva dans l'auge des grains de froment.

— Ah ! dit ce policier qui n'était point bête, que pensez-vous de ça ?

— C'est qu'il rôde dans le canton la fièvre noire sur les cochons, expliqua Mathurin.

— Et ces grains ?

— C'est de l'orge qui a mouillé dessus dans mon carré, toute l'été. Et ça chauffe.

— Je crois que vos cochons sont vos derniers clients pour cette année, conclut ce policier qui n'était point bête. Quand vos cochons seront dessoulés, il n'y aura plus d'apparence de la fièvre noire. Soyez sans crainte.

Quand l'affaire passa devant les tribunaux, à Trois-Rivières, Mathurin, sur le conseil de Sophie, préféra le violon à l'amende.

LE DESTIN D'UNE GLOIRE LOCALE

Voilà un veau qui me dit quelque chose, s'écria M. l'agronome. Garrot bien râblé, fanon à angle droit, bonnes pattes solides. Excellente race ! Pourquoi ne l'inscrivez-vous pas à notre concours des Éleveurs régionaux, M. Liboire ? Vous autres, gens de la Rivière-à-la-Lime, vous êtes trop modestes.

— Hé, hé ! sourit M. Liboire, flatté de cette remarque, hé, hé ! ce que vous me suggérez là mérite considération. On y réfléchira sûrement.

La revue des bêtes, dans cette atmosphère louangeuse, venait de se terminer. L'agronome serra la main de Liboire et disparut dans sa huit cylindres, emportant l'assurance d'avoir gonflé l'orgueil du fermier jusqu'à l'éclatement.

Un peu congestionné par son sang ambitieux, M. Liboire resta songeur devant le veau dont on venait de dire tant de bien. Qui savait si, à cette minute, dans la proprette vacherie de M. Liboire, ne se complotait pas la gloire de toute la Rivière-à-la-Lime.

Au bout de son attache, le veau semblait perplexe, comme s'il eût saisi la haute portée de la conversation qu'il venait d'entendre. Devenir un veau d'exposition, quel destin ! On imagine un peu ce que cette distinction peut imposer de contrainte, de discipline, de précautions, de soins !

À cet âge, (il avait à peine quatre mois), quand tout incline à la dissipation, on n'est pas très empressé de se soumettre à un austère régime.

M. Liboire appela sa femme auprès du veau. Tous deux, ils le contemplèrent d'un œil complaisant. C'était un noiraud de la race holstein dont il possédait toutes les caractéristiques : dos large et droit, fanon bas, panse noire échancrée de croissants blancs, mufle bien léché.

— Qu'est-ce qu'il a dit, l'agronome, s'enquit l'épouse, ... que ça ferait un beau bœuf ?

— Là n'est pas la question, trancha M. Liboire. Qu'il devienne un beau bœuf, c'est ben sûr. Mais une chose à laquelle ni toé ni moé avons pensé, c'est qu'on peut avant en faire un veau d'exposition.

— Un veau d'exposition ! s'étonna Toinette.

— Oui, bonne femme. L'agronome m'a félicité au sujet de Noiraud. Il m'a même suggéré de concourir à l'exposition du comté. Oui, c'est pas ben malaisé. Il s'agira de l'élever avec précaution, de le dresser pour ça. Qui sait ? La chance n'est-elle pas aux audacieux ? En tout cas, même si on décroche rien, c'est déjà un honneur que de concourir.

— Mon Dieu, Liboire ! Tout le village va crever de jalousie quand il connaîtra nos desseins, conclut Toinette soudain devenue rêveuse.

Le soir même, après la traite, M. Liboire avait pris sa décision. Il attira Simon, le garçon de ferme, auprès du veau.

— Je t'en confie la garde et l'éducation, lui dit-il avec une certaine emphase. Désormais ce veau est la première bête de l'étable. Il doit être l'objet d'un traitement spécial. Tu lui donneras double portion de moulée, double ration de lait. Il ne s'agit pas de lésiner. Tu l'habitueras à suivre au licou. Tiens, je peux ben te mettre au courant tout de suite, il est question de le produire au concours des Éleveurs.

— Hein ! sursauta Simon.

— Ouais, tu serais l'entraîneur de... d'un futur premier prix peut-être, conclut M. Liboire en s'engonçant le cou dans le collet de sa chemise.

Et Simon commença l'éducation de ce veau appelé à devenir célèbre dans toute la région et, partant, à immortaliser le rang. Il fallait les voir, Simon et Noiraud, se balader dans la cour, à l'heure où les poules songent au perchoir. Ce tableau était le point culminant de la beauté du jour. M. Liboire et Toinette, assis sur le perron, les contemplaient d'un œil rempli de fierté.

Noiraud avait commencé par se montrer rébarbatif, intraitable, mais les coups sournois de Simon l'avaient assagi et maintenant, après un mois d'école, bon élève, il progressait en sagesse. Bientôt il excella dans la gentillesse et dans l'art de se faire valoir. Docile au licol, il suivait les trousses de Simon et savait même retenir son crottin sur la piste, qualité bien précieuse pour un veau que l'on destine aux apothéoses.

En août, mois de la grande foire régionale, Noiraud affectait déjà des performances de bouvillon. Il tançait ses jeunes frères d'un regard hautain et chargé de mépris. Sa prédestination l'avait rendu orgueilleux, aristocratique et naturellement antipathique aux médiocres.

Enfin ce fut la veille du jour tant reluqué par les conjectures de M. Liboire. Solennellement, Simon plus mort que vif, (car il souffrait d'agoraphobie), partit en quatrou. Notre Noiraud, nullement étonné, sachant que s'accomplissait son destin, clignait les yeux derrière les barreaux de sa prison ambulante. M. et Mme Liboire suivaient en boghei. Un grand nombre de Lalimois avaient assisté à ce départ, sidérés par le dénouement logique de cette audacieuse initiative.

Ce fut presque la gloire qui ce jour-là vint récompenser M. Liboire et tirer de l'obscurité tous ses concitoyens. Car Noiraud, s'il manqua le premier prix, décrocha la première mention honorable. Le soir, au banquet des Éleveurs, l'heureux M. Liboire fut complimenté au sujet de sa bête et le nom de Noiraud, prononcé deux fois dans l'allocution de M. l'agronome, provoqua les

applaudissements. Le député dit en termes choisis
comment ce simple fait lui paraissait significatif pour
l'avenir de la Rivière-à-la-Lime. Et le président de l'As-
sociation des Éleveurs régionaux remit pompeusement à
M. Liboire un parchemin attestant les titres de noblesse
de Noiraud.

Ces titres, Noiraud ne les avait pas volés. Il aurait
fallu voir ce porte-couleur des Lalimois parader sous l'œil
attentif des juges, la queue agitée et les flancs creusés de
frissons nerveux. Un petit incident était pourtant survenu
devant l'estrade. Faut-il le noter ici ? Mon Dieu ! à l'instant précis où les juges le passaient à l'étamine, Noiraud,
qui piétinait dru derrière Simon, s'arrêta net et se mit
à... foirer copieusement, sauf votre respect. Ce contre-
temps de l'intestin a-t-il vraiment nui au candidat ? Ce
point serait à débattre. On entendit M. le président
s'écrier :

— Dommage qu'on ne l'ait pas habitué à se retenir ! Une si belle bête !

— Mais, M. le président, avait repris l'agronome
de sa voix flûtée, songez que par une soleillée pareille...
et que les émotions du voyage...

— Batêche de batêche ! avait maugréé M. Liboire.
Y a jamais fait une platitude pareille quand Simon le
promenait dans la cour.

Les Liboire, Simon et Noiraud revinrent de la foire
régionale. C'était le même Liboire, le même Simon, le

même Noiraud mais pourtant on voulut les voir, les interroger, leur témoigner les marques d'une admiration grandiloquente.

— Liboire, ton Noiraud te fait honneur, déclara le chimérique Tancrède Massicotte, maire réélu du village. Il va plus loin ; il nous fait honneur à tous. J'interprète en ce moment le sentiment de toute la paroisse en te disant que cette mention honorable nous touche profondément. Le destin s'est servi de ton veau pour nous couvrir de la plus belle publicité qu'on eût pu souhaiter.

— Ton veau est une bête providentielle, avoua M. Pomerleau, rentier à cinquante sous.

— C'est un exemple pour nous tous, coupa Trefflé Rivard, le troisième voisin.

— M. le maire, mes bons voisins, serinait M. Liboire plein de fausse modestie, je ne sais pas comment vous remercier... Je suis confus... Noiraud saurait vous dire...

Ce n'est pas tout. Le dimanche, après la messe, Simon dut produire Noiraud sur la place de l'église. Tous les Lalimois voulaient voir le prodige, lui passer la main sur le garrot, lui palper les côtes. Le père Joson, l'ancêtre, vint aussi, le menton sur la canne, saluer le signe. Ce fut grand et noble.

Quand Simon s'éloigna, emmenant Noiraud, les Lalimois restèrent encore un moment à contempler la démarche du veau et leur groupe se dispersa lentement dans la mare d'ombre des érables.

*
**

Les ans passèrent. Quand il en connut trois, Noiraud se trouva un splendide bœuf, dur et large, bas sur pattes, le mufle décoré d'un anneau. On commença de s'en servir pour les travaux de la ferme. Magnifique, l'allure impavide, il faisait songer au bœuf Apis. Quelle importance, mes amis, et comme elle en imposait, la double rosette étalée sur son front plat !

Sur son passage, au village, on s'arrêtait encore. Assis sur sa charge, Simon recevait dignement les révérencieux coups de chapeau des rentiers. Il est probable que ces salutations s'adressaient à Noiraud, car on n'avait pas oublié la mention honorable. À la Rivière-à-la-Lime, on a bonne mémoire des distinctions flatteuses.

Noiraud méritait de perpétuer un enseignement. Non seulement il avait belle allure mais il s'avérait un modèle de domesticité, toutes les vertus d'une bête de trait étant connues de sa riche nature.

Un jour, Jeffrey Rouleau, le secrétaire de la municipalité, s'amena d'un pas obséquieux dans le fournil des Liboire pour une visite officielle.

— Liboire, je viens t'annoncer le mariage de mon fils avec la fille de M. le maire.

— À cré gué, marqua Liboire, ça sera une belle noce.

— Ça sera tout un événement. Dans la place, c'est attendu depuis longtemps. Alors j'ai pensé…qu'il conviendrait d'unir Noiraud aux futurs époux dans une même apothéose.

— Batêche !

— Oui, oui, tu as icitte une ancienne calèche et ton Noiraud tient ben les menoires. Alors?

M. Liboire avait compris.

Le matin de la noce, après la cérémonie, tous les Lalimois endimanchés et solennels se pressèrent sur la place de l'église. Les hommes fumaient sans rien dire. Costaudes dans leurs robes de satin luisant, les femmes surveillaient la sortie des époux d'un œil suraigu.

Tout à coup un badaud cria :

— Place à Noiraud, vous autres !

En effet Noiraud s'amenait. Interloquée, surprise de cette ingénieuse idée, la foule s'écarta sur deux rangs pour laisser passer l'attelage. Noiraud apparut dans toute sa gloire durable. Il avait l'œil terne tant il était impressionné. Qu'il était magnifique ! Son poil luisant apparaissait à peine à travers roses de papier peint, rameaux de sapins, banderoles. Il était attelé à la pimpante calèche que Simon, très digne, surmontait, coiffé d'un antique chapeau de soie, un fouet à la main. La vue du fouet fit froncer les sourcils des Lalimois. Qu'était-il besoin de fouet pour Noiraud ?

Sur la place, le soleil distribuait ses écus d'or. L'air léger était imprégné d'aromatiques senteurs. À gauche, adossés au presbytère, envahissant les lintaux, les massifs de rosiers sauvages éclataient et leurs boutons épanouis ressemblaient à des bouches de jeunes filles. Tout le bonheur épars dans le monde, toute la fraîche gaieté des routes, toute la sérénité de la campagne s'épandaient, place de l'église, en un point précis de la Rivière-à-la-Lime.

Les époux apparurent enfin.

— Oh ! regarde, dit l'épousée à son mari. Regarde Noiraud. Quel beau jour ! Que je suis touchée de cette délicate pensée !

Portés par les ovations, ils montèrent dans la calèche.

— Attends, Simon, retiens Noiraud, on va prendre une pose, bafouilla le photographe pendant qu'il courait devant le bœuf, installait son appareil et se fourrait la tête sous son drap noir.

Malheur! C'est à ce moment-là que la situation se gâta. Pris de panique à la vue de cette étrange opération, Noiraud vit rouge et, la corne horizontale, il s'élança sur l'infortuné photographe. Celui-ci l'échappa belle mais Noiraud, malgré les coups violents du casse-gueule, continua sa charge en cossant dans le marigot, renversant calèche et mariés.

Simon et les nouveaux époux s'en tirèrent avec des contusions mais Noiraud, aplati contre terre, demeura si effarouché qu'il fallut le remettre sur pattes à bras d'hommes.

L'incident fit clapper les langues. Les commentaires vipérins furent tels qu'ils incriminèrent le naturel de Noiraud qu'on taxa désormais de sournoiserie maligne.

— La gloire n'est pas faite pour les bœufs, proféra un sentencieux vieillard. À peine si les hommes peuvent la supporter !

M. Liboire subit les contrecoups de cette soudaine impopularité. Au village, les gens faisaient mine de ne pas le voir. Simon, lui, portait sur ses épaules le poids de la rancune lalimoise. Il était plus bas dans le sentiment populaire qu'une motte de terre.

Quant à Noiraud, on s'abstenait de le montrer au village, de jour, pour éviter les quolibets. Depuis l'incident, il manifestait d'ailleurs une humeur intraitable et son caractère, jadis si malléable, avait soudain pris conscience de toutes ses possibilités. Il n'était pas bon de le mener en pays civilisé.

À la ferme, on le rudoyait pour l'humilier. Les plus dures corvées lui étaient réservées.

Un soir, Noiraud ramenait une charge de foin des Étangs. Comme la chaleur torride lui plombait le dos, et par un étrange caprice, il stoppa au pied d'une côte raide et se laissa choir dans les brancards. Simon s'étonna, mais voyant bien vite le parti pris de cette attitude, il commença de lui passer le fouet, de le bourreler de coups sensibles. Rien n'y fit. Le front têtu, l'œil bas, Noiraud restait là, compact, ramassé sur lui-même, indéplaçable. Alors Simon eut une idée vraiment abstraite :

— Tu vas la grimper la côte, gros innocent !

Et ce disant, il glissa une brassée de mil sous la masse inerte du bœuf et y bouta le feu avec son briquet.

La flamme prompte lécha les flancs de Noiraud, longea les brancards et se communiqua au char de foin.

Bientôt, l'attelage se transforma en un immense brasier. Surpris de la tournure des événements, Simon courait à la ferme demander du secours. Quand il revint, accompagné de M. Liboire, Noiraud achevait de rôtir dans la ruche des flammes hautes.

Il n'avait d'ailleurs pas bougé.

L'ÉGLISE

Elle dressait ses fins clochers ajourés dans le bel azur des ciels d'été et, tout autour d'elle, dans la tranquillité laborieuse des cultures, somnolait le troupeau des maisons.

Sa masse de pierre grise perçait la couronne mouvante des feuillages. Les bruits familiers du matin l'entouraient d'une bordure vivante. Les rumeurs de l'activité venaient se perdre dans le silence de ses murs. Ainsi le Bon Dieu des villageois n'était jamais tout à fait seul, grâce aux bouffées de vie qui pénétraient jusqu'à lui.

Un char de foin cahotait sur le chemin pierreux. La voix sonore du boulanger appelait les ménagères. Des pas résonnaient sur le trottoir de bois. De loin arrivaient les sons martelés de la forge.

La chère vieille église ! Âme et animatrice du village, centre vivant vers lequel convergeaient, pour s'y spiri-tualiser, les œuvres terriennes. Elle participait à toute cette activité qui soulevait à cœur d'année son patri-moine. Elle regardait tout autour d'elle l'ondulation des vallons couronnés d'orges mûres. Elle accueillait les baptêmes et les épousailles dont les pimpants cortèges dévalaient des routes poudreuses. Elle s'attristait parfois sous les parures de deuil quand un des siens avait pour toujours fermé les yeux.

J'ai la mémoire des rites pieux qui évoluèrent dans ses murs, des fêtes colorées à l'ombre de ses arbres, des processions déroulées dans les rues du village, par les beaux dimanches ; j'ai toujours à l'oreille la musique des cloches rythmant les théories chantantes : pavillons déco-lorés aux fenêtres des maisons, bannières pailletées d'or aux mains des notables.

Je pense encore à la Criée des morts. Après la messe solennelle célébrée pour l'âme collective des défunts du village, les bonnes gens s'assemblaient sur la place publi-que. Il y avait là un priseur peu banal qui, avec une faconde irrésistible, vous faisait vite grimper le prix d'un lapin aux sommets prudents de la prodigalité terrienne. Les habitants endimanchés s'essayaient aux mots d'esprit. Les garçons insolents agaçaient les filles qui prenaient des airs offensés. Les commères se morfondaient en commentaires. Et les tresses d'oignons, les jarres de lard salé, les souliers tannés, les harnais de chien s'enlevaient à prix d'argent pour le bon curé qui passait pour aimer les sous.

J'ai aussi le souvenir du banc familial placé sous le cintre du jubé d'où les chantres nous inondaient de fausses notes. À l'occasion de la messe dominicale, l'église devient un lieu de comparaison, un endroit où l'on sent le besoin de faire bonne contenance, de farauder devant les paroissiens réunis ; aussi y pénétrions-nous d'un pas majestueux, en bombant le torse dans un rayon de soleil.

Nous avions l'impression d'être très remarqués en défilant dans le banc ; c'est pourquoi nos premiers gestes étaient un peu étudiés, du moins pour nous les jeunes, car j'hésite à croire que mon grand-père et mes oncles, tout au plus gênés dans leurs habits de serge noire, et qui étaient le naturel même, aient pu un moment se compasser dans une attitude contrainte. La messe préludait dans un déroulement de théories. Mon grand-père venait d'ajuster ses bésicles et il commençait à lire les prières dans son missel. Bien bordés dans le banc, le chapelet aux doigts, tous les paroissiens baignaient dans une paix aux parfums d'encens. Les verrières répandaient sur l'assistance une lumière qui la mettait en relief. Par moment des bouffées de brise odorante caressaient les

nuques. Je doute fort que la piété fût la cause de l'attention générale. Le recueillement venait plutôt d'une
habitude. Dans le rayonnement immédiat du Bon Dieu,
au sein de sa demeure, on ne se sentait aucun mouvement
spécial du cœur, aucune aspiration extraordinaire, nulle
affectation de mysticisme. Le sentiment d'être auprès
d'un grand ami, familier de nos pensées habituelles, suffisait. On se laissait envahir par un engourdissement, tout
le corps commençait à se remettre des fatigues de la
semaine. La messe valait pour cet instant de quiétude où
l'on sent que Dieu veille sur nous sans exiger de ses
humbles créatures autre chose que le silence, l'immobilité.

Il y avait devant nous une grosse femme à la taille
sphérique. Je ne me lassais pas de la trouver énorme. Ses
dimensions me paraissaient un triomphe de la démesure.
Elle figurait pour moi une erreur de la nature. Pendant
de longues et pénibles minutes, j'évaluais son poids en
prenant pour unité de mesure une livre de beurre, ou
bien une chaudière de vingt livres de graisse, ou bien
encore mon oncle que je savais peser deux cents livres.
Ce travail d'approximation, pratiqué dans le doute, devenait un véritable supplice pour mon esprit affamé de
certitudes. Aujourd'hui, après un éloignement de quinze
années, je la revois encore dont les monstrueux bourrelets
étonnaient mes jeunes yeux et je me sens bien peu soulagé
de n'avoir jamais connu son poids exact. Il y a de ces
interrogations ridicules qui, parfois longtemps, conti-
nuent de nous harasser et je tiens qu'elles influencent,
plus qu'on ne saurait le croire, la tournure de notre esprit.

Et le curé montait en chaire. Il disait des choses simples et fortes mais d'une voix ténue et monotone qui ensommeillait les fronts las des hommes. J'admirais avec quelle plaisante régularité mon oncle, envahi par un doux bien-être, hochait la tête et de gauche et de droite, en avant, en arrière, la paupière abaissée sur l'œil chaviré et le front emperlé de sueur. Un peu partout dans les bancs, c'était le même reposant spectacle de bonnes gens qui n'avaient à offrir à Dieu qu'une somnolence adoratrice et bien tranquille.

La messe achevée, les chantres lançaient le cantique final dans une périlleuse envolée et les fidèles, assez pressés de se dégourdir les membres, se retrouvaient sous le porche. Pendant que les paroissiens s'échangeaient des propos sur la place de l'Église, le notaire public, debout sur le perron de pierre, l'air surnaturel d'un prophète, déclamait les annonces d'une voix dont l'emphase a toujours le don de m'émerveiller. Les gens des rangs, peu habitués aux manifestations de l'esprit légal, vous buvaient ces paroles, silencieusement, en bourrant leurs pipes, et peu à peu, par petits groupes, ils se dispersaient de ce pas tranquille et incertain qui les menait, par le chemin cailloûteux, au bureau de poste achalandé de jolies filles, chez le boucher pour l'achat d'un morceau de viande fraîche ou au restaurant pour s'y offrir un cornet de crème glacée.

La bonne vieille église ! On la chérissait comme une mère parce qu'en elle se continuait l'inflorescence d'une tradition de foi. Par son clocher, elle reliait l'azur au sol. Elle était le symbole de la pensée des hommes. Elle semblait hausser jusqu'à Dieu l'offrande agreste des cultures. On l'aimait de chanter par ses cloches et de témoigner ainsi des croyances unanimes. Elle accueillait les souffrances, les liesses et dispensait aux terriens le pain de vie qu'ils recevaient très simplement, avec un amour de raison. Les vieillards venaient sur semaine s'y familiariser avec les pensées de la mort.

Et le soir, quand tons et rumeurs s'atténuaient, ses cloches renvoyaient l'Angelus de coteau en coteau, et l'on voyait, (cliché d'une grandeur éternelle), les fronts se découvrir au milieu des champs ensemencés.

Mais voici qu'une aube tragique s'est levée sur le vieux temple. L'incendie avait couvé toute la nuit à l'intérieur. Un diadème de feu se posa à la naissance des tours. Des torsades de flammes étreignirent les flèches métalliques. Le ciel, où un reste de nuit flottait encore, s'empourpra d'une immense lueur. La voûte musclée de cintres eut une contorsion et l'ossature s'affaissa, entraînant dans sa chute la pose fière des clochers.

La vieille église avait rendu l'âme, et maintenant dans l'enveloppement de la fumée noire, les souvenirs qu'elle abritait se recueillaient en Dieu et dans l'esprit du petit peuple atterré.

L'ORAGE

Bon, je suis content de partir. Dans la cour, on se sent à peu près comme dans une lèchefrite. La ferme est cuite et recuite au soleil. La campagne accablée de rayons perpendiculaires s'étiole, privée d'air. Ça n'a aucun sens d'aller faner le mil par cette après-midi de canicule. On a plutôt envie de s'écraser à l'ombre d'un gros arbre et là, le dos contre terre, les bras repliés sous la nuque, de roupiller tout son soûl, jusqu'au soir.

Mais il n'est guère possible de se livrer à un farniente aussi complet. En notre pays, l'ombre des grands arbres n'apporte pas souvent le pain quotidien. Je suis déjà bien favorisé de ne pas suivre aux champs les hommes que je vois s'éloigner, la fourche sur l'épaule et la démarche lente. Ils s'en vont retourner les andins au creux des combes.

Pour moi, il ne me reste plus qu'à atteler Jack à la charrette de mil. Jack n'est peut-être pas très réjoui que je l'aie choisi pour le voyage. Il dormait debout dans le mi-jour de l'étable, le nez dans son picotin vide. Mais aussi, pourquoi est-il une bête docile et franche, tenant bien l'ornière et, de lui-même, tirant à droite pour les rencontres ? S'il n'était qu'un cheval hargneux, on le laisserait tranquille.

Bien, voilà Jack dans les brancards. Il chauvit des oreilles en signe d'inquiétude. Où va-t-on ainsi avec cette charge de mil ? Je vais le lui dire pour le mettre à l'aise.

— Mon vieux Jack, on va faire battre chez Pitro, le meunier. À peine quatre heures de route pour l'aller et le retour. Et nous revenons allèges.

Rassuré, Jack couche les oreilles et nous partons par la petite route de terre, vers Champlain.

Ah ! que je me sens bien, enfoui dans le foin ! J'ai les jambes pendantes et les guides passées autour du cou.

Ma première impression est qu'il fait plus lourd car, sous moi, le foin transpire et ses bouffées odorantes m'entourent de leur moiteur. On dirait que des masses de soleil se sont liquéfiées dans l'air.

Nous passons devant le fournil de Guillaume Normandin, au pas confiant du vaillant Jack.

Au long des haies, les sureaux, les pains d'oiseaux et les fleurs de mûriers, enduits de rayons gluants, ont peine à respirer. Toute la végétation se consume. Les choses sont plongées dans une immobilité totale. La route déroule son ruban lumineux à travers les champs fauchés ras et parsemés de veilloches.

Mais c'est égal. J'ai moins à me plaindre que ces pauvres faneurs. Nous venons de dépasser le seuil d'Alphée. La vieille Célestine y branle son menton poilu au-dessus de son tablier de toile. Elle ne m'a pas reconnu. Ses yeux ne voient guère plus loin que sa balle de laine.

De chaque côté de la route, les fermes, portes ouvertes, baillent au soleil. Ici et là des ribambelles d'enfants se réfugient à l'ombre immobile des ormes. Qu'aperçois-je ? La belle Clara accroupie dans le potager ? Je vois son visage empourpré qui fait comme une tache de sang sous le chapeau de paille. Elle me regarde passer d'un œil d'envie. Je suis sûr qu'elle préférerait voyager avec moi, librement étendue dans le foin.

Près de la grange de Firmin Groleau gît en plein soleil un veau maigrelet et tout cotonneux. Quel piètre instinct ! Il est en train de frire avec des paquets de

mouches collés aux flancs. Tout juste s'il n'est pas mortel-
lement frappé par l'insolation.

Et voilà distancées les petites fermes toilettées à la
chaux. La route s'encaisse entre des massifs de cerisiers.
L'ornière sablonneuse s'approfondit, aussi Jack, au
moindre raidillon, se donne un petit tour de queue pour
signifier la difficulté du chemin.

Ah ! mais ici je me sens beaucoup mieux ! Je me
laisse imbiber les poumons par cet air moite et chargé
des senteurs des foins coupés. Et voici qu'une brise très
légère, accompagnée d'un friselis de feuilles, vient me
caresser le menton et s'infiltrer dans ma chemise. Sur la
croupe de Jack rutilent des médailles de soleil.

Autour de l'attelage ce ne sont plus que boqueteaux
et rasis alternant avec des flaques de sable doré. Je regarde
le ciel. Il est d'un bleu de turquoise. Sur les crêtes d'argent s'amassent de floconneux nuages gris.

Nous sommes en chemin depuis trois quarts d'heure.
Nous pénétrons maintenant dans le bois de Picardie, long
de deux milles, au bout duquel se trouve la ferme isolée
de Magloire Dessureaux.

Ici c'est la fraîcheur sylvestre étoilée de soleil, pleine
d'arômes résineux. Que j'éprouve de contentement et
d'aise à ce calme profond, à cette atmosphère saturée des
émanations toniques de la forêt ! Les ramures de pins et
de bouleaux se rejoignent au-dessus du chemin traversé
de racines.

Soudain un coup de vent courbe les cimes dans un
rapide remous d'air. Une impression d'insécurité me

surprend dans mon bien-être. Si l'orage allait crever ce ciel dont les entrelacs du feuillage me laissent entrevoir les tons plus durs ? Jack, qui est l'intuition même, ralentit le pas et pointe les oreilles. De chaque côté de la route, les sauvages fleurs bleues montrent leur beauté frémissante. Les plus jeunes arbres sont dressés dans une immobilité parfaite. Toute la nature a soif. Elle attend, elle réclame la pluie nourricière.

Un second coup de vent couche les arbrisseaux. Il est suivi par un coulis qui explore rapidement les profondeurs de la forêt, tournant et retournant chaque feuille, raclant les mousses et soulevant l'odeur des troncs pourris.

Nous allons essuyer un orage à coup sûr. Peut-être même une grêlée ou une tornade ? J'éprouve un pincement au cœur. Il y a dans mes nerfs une contraction qui n'est autre qu'une manifestation de l'instinct avertisseur.

Nous traversons une éclaircie. Pendant quelques minutes je contemple ce ciel d'une splendeur fauve, au fond duquel, sous forme de cumulus, s'amoncelle la tempête. L'aspect du firmament a presque totalement changé. Les tons se sont départagés. Le bleu dur se creuse. Et la rafale façonne au-dessus de la forêt ses énormes montagnes de tonnerre.

Jamais je n'ai vu la nature dans un tel état d'attente. Elle partage l'émoi des noires furies qui se chevauchent dans le sous-bois. C'est un tressaillement soudain de toute la matière que torturait tout à l'heure l'aridité. Les énergies de la terre montent et comblent le vide céleste. Je vois chaque fleur, chaque pousse, chaque arbre secoué de

désir. Tout cela va se baigner et s'abreuver dans un écla-
boussement de pluie et de parfums.

Je sais le danger de l'orage en forêt. La foudre y a
plus de traîtrise qu'ailleurs. Elle tape sur les sapins et
les éventre. Les décharges électriques tranchent les feuilles.
Après un violent orage, j'ai déjà vu dans un bois, jonchant
le sol, un véritable lit de feuilles coupées. Je sens que je
suis en péril. Mais la peur, cette peur rétrécissante qui
contracte les muscles, ne m'a pas encore saisi. Mon œil
avide boit le paysage tourmenté où toutes les choses ont
soudain acquis des contours si précis que ma vision s'en
trouve accrue, malgré les larges ondes de ténèbres qui
roulent sur le pays.

En hâte, je recouvre de toiles le mil et, lorsque je
relève les yeux, j'aperçois le ciel bas formé de panses
grises et verdâtres, toutes parcourues de veines violettes.
En arrière, du côté de l'occident, la voûte céleste est
zébrée de marbrures lumineuses qui changent d'aspect
de seconde en seconde. Je crois qu'il n'est pas donné à
l'homme de plus frappant spectacle que le firmament
convulsé à l'approche d'une grande récréation météoro-
logique. L'étonnement de l'œil est à son comble et le
cœur bat plus fort. C'est alors que l'être s'identifie de
très près au monde végétal et que, privé des soins inutiles
de la raison, il participe à son instinct.

La bourrasque accourt de nouveau dans un sourd et
innombrable crépitement. Sa rumeur se propage avec une
rapidité saisissante dans les feuillages tordus en tout sens.
Puis il se produit une brusque accalmie. Maintenant les

plantes immobiles sont figées dans la peur de ce qui doit venir. Un sentiment de crainte commence à m'étreindre. Cela s'introduit dans ma poitrine et va se réfugier près du cœur. J'éprouve le besoin de me confier à Jack.

— Mon vieux, que je lui dis, tiens-toi bien, ça va cogner dur.

Au même instant, comme pour ponctuer mon observation, un Z immense imprime son sillage argenté dans le ciel et une sourde détonation, lointainement répercutée, brise l'agencement des ondes. Cette secousse est suivie de brèves illuminations, et tout l'espace est secoué par une salve de coups nets et précis. La terre vibre en ses profondeurs. Pendant ces brefs moments, les cumulus aux tons corail croulent par leurs sommets déchiquetés, ainsi que des montagnes dont les bases se dérobent.

Tout le firmament est en branle, raviné d'éclatantes fulgurations qui jettent dans un merveilleux éclairage des mondes stellaires inconnus. Et voici qu'au loin un immense glaive d'argent clair éventre les panses suspendues, laissant tomber comme une poussière de pollen. Du ciel crevé l'orage vient. Je vois accourir les perpendiculaires trombes d'eau, et leur roulement s'amplifie à mon oreille à mesure qu'elles approchent. Elles balaient tout sur leur passage et tandis que l'ouragan abat les cimes, la houle nous atteint, chaude et diluvienne, puis se refroidissant aussitôt.

Tout trempé, je me lève pour replacer les toiles. À mon premier pas, un éclair d'une extraordinaire puissance frappe deux arbres près de Jack et les lézarde. Au même

instant un coup si fort est asséné sur la forêt qu'il me
renverse dans le foin noyé. Cette détonation assourdis-
sante se perd dans la rumeur d'un grondement plus lointain. Le cœur affolé me cogne à grands coups dans la
poitrine. À plat ventre, je regarde Jack dont les jarrets
ne fléchissent même pas à ces éclatements de pétarade.
Sur sa croupe noircie les cascades jaillissent. Les ornières
ruissellent d'une eau savonneuse.

Encore les coups s'appellent et se répondent. On
dirait des montagnes entrefrappées. À tout moment l'éclair
déchire le firmament qui se recoud aussitôt.

— Ah ! que je me dis, il n'en faudrait qu'un au
bon endroit pour que j'aille rejoindre mon grand-père.

Mais enfin l'aspect réel des choses se vérifie. Je revois
ce paysage familier que l'orage n'a pas modifié. Voici le
blanchiment de Magloire Dessureaux. Je l'aperçois à
travers la pluie, dans la clairière toute proche : le fournil
avec ses carreaux, la maison déchaulée, l'étable et la grange
aux pignons fantomatiques, les poulaillers, la soue, tout
cela frappé d'éclairs et frangé d'eau. Encore un arpent et
nous voici devant le puits.

— Jack, que le diable nous emporte, mais enfilons
chez Magloire.

Jack m'a compris. Sous le sabbat qui augmente, il
s'enfonce à grands pas dans la cour. Je le conduis vers
l'appentis et, à toutes jambes, je m'élance vers le fournil.
Qu'entends-je, dominant le fracas de l'orage ? Des hurlements aigus. Je pousse la porte. Une trombe de pluie
s'introduit avec moi dans la touffeur du placis.

— Yog, yog, mugit Magloire, je suis mort, j'ai été frappé... ma jambe, ma jambe... ah ! vieux torieux, que ça lance dans le mollet !

Les traits grimaçants, Magloire se tord sur le plancher, près du poêle. Son chien est étendu près de lui. Dans le coin, immobile en sa berceuse, le vieux père Isidore braque ses yeux aveugles dans ma direction.

— Qu'y a-t-il, fais-je à Magloire, le tonnerre est tombé ?

— Il est tombé dans la cheminée, précise-t-il en se relevant, un peu sur son séant, avec la terreur des rescapés sur son visage. Je reposais là tout près. Tout d'un coup j'ai reçu un choc terrible dans la jambe, comme si le chien m'avait mordu.

Tout en gémissant, il se palpe le genou puis il avise son chien et lui tape sur le dos.

— Il est mort, ah ! oui, il est mort ; y grouille pus. Et le pére lui ! Il paraît pas avoir été frappé. Tiens, je m'étais étendu là, sur le mauvais sens des planches avec mon pauvre Tibé. Tout d'un coup, vlan ! le tonnerre tombe, je vois l'éclair dans l'fournil et j'ai senti un mal effrayant dans la jambe. Ça vient d'arriver. Yog, yog... mais assis-toé.

Je l'aide à se remettre sur ses jambes et il s'approche en claudicant du vieil Isidore.

— Ah ! non, il n'a rien, c'pauvre pére.

Quant à moi, j'enlève ma chemise qui pisse l'eau
et je la mets à essorer sur la table. Magloire vient s'asseoir
en face de moi.

— T'as tout essuyé, me dit-il. Es-tu en voiture ?
Ah ! jamais j'ai entendu des coups pareils. Et dire que
mon Tibé est mort. Il a attrapé le gros coup à ma place.

Il regarde sa bête inerte et, selon son tic habituel,
il se gratte le menton qu'il a tout barbu. Lui, d'ordinaire
si placide, presque végétal, le voilà en proie à un accès
de verbosité. Il parle, il parle, me laissant à peine l'initiative d'acquiescer d'un signe de la tête. Évidemment
ça fait tout un événement dans la vie du brave homme.
Les yeux encore dilatés par l'effroi, la jambe allongée
raide devant lui, il se répand en commentaires et, d'une
façon si bizarre, que je me demande si la foudre, en le
frappant, n'a pas un brin dérangé le cerveau. Je ne m'étais
pas encore rendu compte, tant le cœur affolé me cognait
de grands coups, que Magloire avait été mordu profondément par son chien, pris de panique en mourant de
peur. Le vieux père, lui, les pieds dans ses mitons, le
visage clos, radotait doucement les souvenirs de sa vie
usée.

— Jamais je n'ai entendu de coups pareils, reprend
Magloire. Mon avoine doit être couchée. Si c'est pas
maudit ! Ouf ! on étouffe icitte ! Ouvrons.

Une opulente bouffée de parfums champêtres pénètre
dans la pièce, en même temps que j'aperçois mon Jack
bien indifférent qui a l'air de dormir debout sous le soleil
qui rutile sur le sable, les mares et les feuilles. Je reprends

mes sens, salue Magloire, sors comme la colombe après le déluge et m'en retourne avec mon voyage de mil trempé sur la route délavée, parmi l'enchantement des capiteux arômes et les senteurs de miel dont la forêt rajeunie est toute pleine.

Et le bleu du ciel se hausse, se hausse. Dans le fond s'inclinent des corbeilles de fleurs. Tout ce qu'il y a de gris solide et de vert glauque se tasse du côté de Batiscan.

CHANSONS ET RITES

DERNIERS RITES

Solange Brière fut conduite en terre par une claire matinée d'octobre. La petite foule qui escortait le corbillard était toute préoccupée du misérable sort qui était maintenant dévolu à Florent Normandin son mari. Celui-ci concevait, après trois jours de cauchemar, la malice du coup qui l'atteignait. Il suivait la dépouille de sa femme, les mains nouées derrière le dos et la tête inclinée sur la poitrine. Son visage pâli par l'insomnie, griffé de rides, dénonçait le poids qui lui était tombé sur le cœur. Tout le monde remarqua qu'en une telle circonstance Florent n'avait pas de paletot quand tous les hommes du cortège portaient le leur, car il faisait frisquet en dépit du beau soleil dont les toits rutilaient. Les derniers rites funéraires ne parurent pas l'émouvoir. Les yeux plongés dans la fosse où descendait la tombe, il semblait ne rien voir. Sa gorge était inerte et ses lèvres closes.

À côté de lui, ses fils et ses beaux-frères accompagnés de leurs femmes respectaient sa douleur muette. La cérémonie terminée, il se fit un dégagement de la foule autour de lui et il se trouva le point de mire de tous les regards.

Il éprouva à ce moment la sensation qu'une nouvelle vie
commençait pour lui. Il ne formait plus équipage avec
sa chère Solange. Il perdait la moitié de sa force et de
son identité sociale. Désaccouplé, après vingt-cinq ans
d'une union enrichissante mais niveleuse, il se découvrait
seul avec son grand chagrin et l'âme lamentablement
inquiète des êtres qui se cherchent. Il demeurait les yeux
fixés sur le sol, épiant la vie végétale qui s'en exhalait.
Le soleil distillait une essence cuivrée au bout des tiges
fanées. Les tertres mortuaires à l'haleine fumeuse paraissaient respirer. Une hirondelle passa dans le champ de
son regard, décrivit un cercle au-dessus de la foule recueil-
lie et alla se nicher sous l'auvent du vieux calvaire.

Bientôt l'attroupement des fidèles s'éparpilla. Florent
Normandin resta seul avec ses trois fils, devant une fosse
à demi comblée. Tandis que ceux-ci, le chef toujours nu,
torturaient de leurs doigts gourds le feutre de leurs
chapeaux, il allongea une main distraite vers la pelle du
fossoyeur et se mit en devoir de remplir le trou, à grands
efforts. Quand il eut fini, il foula la terre meuble d'un
pas appesanti et, cassant une branche de peuplier encore
verte, il la planta à l'endroit où il projetait d'asseoir une
petite stèle en granit.

— C'est le dernier service que j'avais à lui rendre,
murmura-t-il en s'éloignant.

Sans une larme, mais la gorge serrée par un sanglot,
il prit place dans sa voiture. On traversa le village égayé
de la piaillerie des écoliers. Le boghei, à l'allure du cheval
roux, s'engageait maintenant dans les boueuses ornières
du chemin.

Et le passé, comme cela ne s'était jamais produit dans la mémoire de Florent, s'évoqua avec la plus parfaite netteté. De ces années révolues, imprégnées du double amour qu'il portait à la terre et à sa compagne, se détachait l'image du simple bonheur qu'il avait goûté. Il ferma les yeux pour mieux accueillir les souvenirs. Il revit le rustique salon des Brière aux tapisseries défleuries. Solange lui apparaissait à vingt-deux ans, toute parée des prestiges de l'inexpérience et de la jeunesse. Puis il y eut la belle épousée en robe blanche qui descendit les marches de pierre de l'église, appuyée à son bras. Après avoir incarné son idéal charnel et, plus tard, figuré l'image que son âme simple concevait de l'amour, Solange était devenue le miroir des vertus austères que l'on pratiquait à son foyer.

La voiture gravit un raidillon et entra dans la cour de la ferme. Florent Normandin embrassa d'un seul regard l'aspect de sa maison qui, elle aussi, délavée par les pluies d'automne, paraissait triste et vieillie. Jamais plus, du haut du perron, en tablier bleu, un bon sourire épanouissant ses traits que les ans avaient à peine épaissis, elle l'accueillerait après la dure journée. Il pensa : « Elle partie, je n'aurai plus de cœur au travail. Le cœur de la ferme a été arraché. » Il se rappela certaines souvenances des soirées pendant lesquelles les amis d'alentour étaient accourus sous son toit. Les jeunes y avaient trouvé prétexte à se rencontrer. Il sentit soudain combien était impérieuse la volonté de bonheur chez ceux qui commencent leur vie. Il se rendit compte que les hommes sont comme la végétation de la terre, et qu'ils ne conservent pas longtemps leur place dans le plein ensoleillement de la joie.

Toutes ces pensées qui nous guettent à quelque tournant de l'existence, toute cette résignation silencieuse que les jours amassent en nous, voilà que, sans préparation, il leur ouvrait les portes de son cœur. En quelques jours l'allègre quinquagénaire qu'il avait été s'était changé en un homme douloureux qui vieillirait dans un pis aller quotidien en attendant son tour, car, à cinquante ans passés, dans l'isolement des travaux de ferme, au fond d'un petit village oublié, il serait vain d'essayer de refaire sa vie.

●

LA GROSSE GERBE

Comme chaque année on a choisi, à l'orée du bois, cette grosse roche moussue, sans doute vieille comme la terre. Maria y dresse le couvert devant les vieux assis à même le sol. Pour la fête, on a invité quelques beaux brins de filles qui disposent déjà sur le tablier granitique toutes ces choses solides et succulentes cuisinées au goût du pays. Tout à l'heure, on ne sera pas moins de quinze bouches autour de cette chaudronnée de fèves au lard dont l'odeur substantielle de terroir se mêle aux souffles vivants de la forêt.

Et tout cela pour la grosse gerbe, la dernière, celle qui marquera la fin de la moisson et que le vieux hissera d'un poing vacillant sur le dernier voyage aux ployantes ridelles.

Une chose parfaitement insignifiante, n'est-ce pas ? Un événement peu remarquable, un rite archaïque, inexplicable aujourd'hui ?

Mais eux tous que la fête réunit, si étrangers aux modernes facilités du monde, si loin de l'affairisme et de la fabrication, si vierges de ces impressions qui blasent cœur et âme, tous ceux-là vont prendre un plaisir singulier à ce gueuleton champêtre, à ce cérémonial inusité qui couronne une saison de travail.

C'est justement cette fin de jour qu'on ramènera triomphalement la grosse gerbe à travers les chaumes. Et voilà toute la différence. Il a suffi d'un moment fixé par l'usage, du rappel d'une tradition, pour réveiller sur ces visages mornes une innocente joie. Délicatesse racée de ces coutumes qui étayent la vie paysanne, qui la relèvent continuellement de son ornière grisâtre.

La campagne est dans toute sa beauté de ciel d'automne. Une fraîcheur monte déjà du sol frileux, dépouillé. C'est déjà la morte saison avec sa rassurante passivité qui prendra place dans le cœur des hommes.

Et voilà la grosse gerbe ! Le vieux père s'est levé. Il s'avance de son pas lourd d'expérience, grand vieillard encore vert, tassé dans ses ans. On voit au loin la maison qu'il a tenue et qu'il laissera et toute la terre qui l'a nourri et les nourrira. Les hommes devant lui se sont écartés, encore tout suants. Et, vraiment, quand il a enlevé la grosse gerbe, son vieux corps a dessiné un arc de jeunesse. Il était peut-être le seul à profondément vibrer. Car lui, il connaît la signification de la grosse gerbe. Il en sait le prix. C'est d'elle que naîtra la prochaine moisson. C'est de son grain sacré qu'on ensemencera la terre à la saison nouvelle.

Autour de lui qui s'en revenait sans dissimuler son air pensif, déjà s'entendaient les cris et les trépignements des jeunes qui eux aussi, un jour, comprendraient.

Maintenant un petit vin de pissenlits circule gaillardement dans les tasses. Et les fèves dorées brillent dans les assiettes. Chacun prend sa part de la joie et cette joie flambe, douce et fine, dans les prunelles où toute la résignation du travail s'est soudain évanouie. On se sent léger, comme si demain une nouvelle tâche n'allait pas recommencer. Mais une autre tâche est toujours légère quand on a le pain et la vie sûrs. Il viendra, des granges pleines, une impression de sécurité, la confiance en soi et le sentiment que la terre est maternelle à ceux qui l'aiment. Les yeux complaisamment se promènent sur les champs dépouillés de leur robe blonde ; la campagne est si incomparablement belle en sa nudité d'automne.

●

VILLAGE DE PÊCHEURS

Où les chaloupes, en été, léchées par la vague, se dodelinaient à la brise, voici qu'a surgi sur la glace du bordage, un petit village de pêcheurs.

Pour le temps que dure la montée du poisson vers les frayères, les cabanes se tiennent, frileuses dans le vent, leur unique fenêtre à deux carreaux braquée comme une jumelle sur un horizon neigeux. Elles font la joie des gars et des filles des alentours, qui saisissent le prétexte d'une partie de pêche pour se donner un rude plaisir. Avec leurs tuyaux à fumée blanche, leurs traîneaux attachés aux portes, leurs amoncellements de morues gelées, ces habitations rudimentaires jettent une note pittoresque sur le rivage nu du Saint-Laurent.

Vers le soir, quand les ténèbres ouateuses tombent sur le proche village, on voit des hommes lestement bottés, les épaules serrées dans un coupe-vent, s'acheminer vers les cabanes. Ils vont prudemment à la lueur d'une lumière de poche, évitant les excavations béantes. Autour d'eux, les glaces figées dans un suprême aheurt infligent au paysage la ligne brisée de leurs crêtes blanches. Les filles enlainées suivent, munies de tout ce qui servira à faire bombance dans la nuit. Chacun pénètre, en se penchant, dans les cabanes froidureuses où bientôt le feu de rondins répandra sa douce chaleur humide. À travers le givre des carreaux, on voit le reflet des lampes. Des rubans de fumée étoilés d'étincelles se déroulent dans la nuit. C'est le moment d'abaisser les lignes.

— Ça mord chez vous ? questionne une voix bien timbrée dans la bourrasque.

Un visage barbu vient d'apparaître dans l'entre-bâillement de la porte.

— Eh ! oui, ça mord en v'limeu. Sauve-toi dans ta cabane si tu veux profiter de la marée.

Et la porte se referme brusquement sur cette apparition. Il est minuit. Un lumignon fixé au mur révèle l'intérieur de la cabane. Entre les pattes d'un petit poêle bas, ressemblant à une tortue, des aiguillettes de foie de porc achèvent de sécher. Un cordon de bois rond s'adosse au mur dans un coin. On distingue sur une tablette des ustensiles : assiettes de papier, fourchettes, poêlon, gobelets d'aluminium. Et, bien en place sur une étagère, le traditionnel flacon de gin, prometteur de joyeusetés et de mille audaces aussi. Au cours de la nuit, on sirotera d'heure en heure ces ponces chaudes qui émoustillent l'esprit et tiennent merveilleusement en éveil.

Sur la banquette qui va d'un mur à l'autre, les pêcheurs appâtent les hameçons avec les fines rognures de foie. Dès que le plomb de la ligne a touché le fond, la main bien apprise agite les cordes dans le trou par où l'on voit passer l'eau sombre, couleur d'huile. Au moindre tressaillement de la ligne, il convient de la retirer d'un petit coup sec. Invariablement, si le geste n'a pas été trop gauche, on attrape quelque chose. Plaise à Dieu que ce ne soit pas un goujon ! Ce n'est pas chanceux. Le goujon désigne la plupart du temps un pêcheur que la guigne s'apprête à accabler. Mais c'est le plus souvent une gentille petite morue à ventre blanc qui va rejoindre ses sœurs au cimetière de glace où elles se sont figées dans un dernier frétillement.

Les pêcheurs montrent un visage presque inquiet. Mais chaque fois qu'une morue s'est prise, une transfiguration se promène sur les traits tendus. On se croit quelqu'un, du fait de quelques bons coups de ligne. On prend facilement un air surnaturel quand, d'aventure, un besoin vous pousse au dehors et vous met en présence de l'amoncellement des poissons gelés.

L'heure avance. La nuit décline sur les bordages. Autour de la cabane emplie d'une chaleur moite, le vent du large corne ses airs. C'est le moment où le pêcheur, après avoir dégusté quelques petites morues frites, s'étire, envahi par un doux bien-être, oh ! si doux et si lancinant, à la fin, qu'il incline au sommeil. Les premières lueurs matinales blanchissent les carreaux. La pêche est terminée. Une paix tranquille descend avec la rafale apaisée et se pose sur les pignons qui fument doucement, là-bas vers le bourg riverain.

Et par cette aube bleuissante, on a l'impression au seuil des cabanes que l'on quitte, d'avoir passé la nuit dans un village polaire. Le silence est si total qu'il fait mal. Terminus des voix humaines. Je sors dans le froid vif et sec. Sur la nappe enneigée du grand fleuve endormi, on entend venir les accords d'une fanfare d'argent.

●

FÊTONS LA GAMELLE

Ah ! qu'il fait bon par ce beau dimanche d'avril, autour de la cabane à sucre ! L'air est doux. Il caresse le visage. La lumière est déjà pleine d'onction et de douceur. Des aromes sirupeux parfument l'atmosphère. Tout l'être baigne dans l'exubérance printanière et participe à l'émoi de la terre qui rejette ses suaires.

Vieil hiver, semble-t-on dire, tu nous a tenus caducs pendant cinq longs mois. Eh bien ! maintenant, nous marchons sur tes brisées en petit gilet !

Thomas Groleau, malgré ses soixante-dix ans, sent le printemps grimper à même son corps reclus. Et penché sur l'écuelle de trempette, il ne trouve rien de mieux, à même toute cette joie, pour manifester son renouveau, que de déposer un baiser encore amoureux (qui sait ?) sur la nuque grasse de sa femme. Tous ceux de la fête, rangés autour de la table qui croule sous le poids de l'énorme chaudronnée de fèves au lard, saluent le temps des sucres par des rires et des chansons dont la cabane éclate. Il y a là de vieux fermiers occupés à ripailler ferme, une bonne vieille qui branle son menton poilu au-dessus du seul maigre bouillon que lui permet son âge ; et surtout, il y a dix beaux gars et vingt jolies filles à lutiner, dont quelques-unes, les plus courtisées, il va sans dire, viennent de la ville.

Et la gaîté est si intense, si jeune, si légère qu'elle semble une pure émanation du printemps, de ce voluptueux et langoureux printemps qui rutile sur le pied baveux des érables.

Le dîner pris, allons voir si les chaudières sont remplies, si les effluves du soleil ont libéré l'étang, si l'on retrouvera le même petit sentier de neige battue qui, l'an dernier, vous conduisait dans un nulle part charmant et à l'abri des indiscrets. Tout est prétexte aux couples pour se donner du large, de ce large dont on a besoin à vingt ans quand on est amoureux et que la sève monte, ardente et généreuse.

À la cabane, il ne reste plus bientôt que les gens mariés, et c'est Thomas Groleau qui les égaie de ses histoires. Dans les bouilloires fumantes, l'eau d'érable a pris la teinte d'une essence dorée. Bientôt les jeunes s'en reviendront. Et le sirop sera à point. Sur une nappe de neige, on étendra l'odorante tire brune. Ce sera toute la saveur du terroir, ce goût merveilleux de la forêt. Aucune sucrerie n'aura jamais cette fraîcheur de neige et de sève. La tire d'érable est la première gâterie au monde. On s'en délecte sans préciosité de manières, à l'aide d'une palette de cèdre. Et bientôt ce sera le tour des œufs frits dans le sirop, un autre mets insurpassable dont, paraît-il, on ne retrouve d'équivalent sous aucune latitude.

Et plus d'un, considérant ces choses dans un fugitif moment de retour sur lui-même, aura regretté son âge de jeune homme, alors qu'il faisait bon, pendant la saison de la coulée, de passer des semaines entières à la cabane, d'y dormir sur un grabat, près des bouilloires, au long d'interminables nuits dont le silence n'était troublé que par le sifflement d'un beau feu de bûches.

Bientôt le soleil décline au sommet des érables. La forêt se peuple d'ombres fugitives. C'est l'heure de la dernière tournée. Le plus vieux cheval de l'écurie promènera le tonneau par les petits chemins glacés. Il s'en reviendra, à la nuit tombante, dans un sourd clapotis d'eau d'érable.

Et l'habitant, semblable à quelque taciturne alchimiste, est resté seul devant ses feux, durant qu'en les bouilloires l'eau de la dernière tournée commence son fredon joyeux. Bientôt, sa tête hirsute penche sur sa poitrine. Son long corps, prostré sur une chaise boîteuse, succombe peu à peu au bien-être amollissant que dispense la chaleur sucrée dans la cabane embuée de vapeurs grises.

TROIS CONTES

L'OMBRE DE LA MORTE

Le front collé au mur, Angéline finit par s'endormir. Son souffle court, pareil au halètement d'une bête blessée, s'éleva de la couche en désordre. Mêlée à l'ombre de la pièce, une forme humaine, épaisse et chenue, veillait. Tout s'était calmé sur la ferme et dans la maison. On entendit le cliquetis du chapelet de fer. Une paix fiévreuse s'épandit dans la chambre.

Par l'unique fenêtre envahie des premières ombres, se devinait la gravité un peu triste du soir.

Une étroite bande de nuages violacés rétrécissait l'horizon. À la lisière des terreaux, un triangle de bernaches silencieuses s'éleva des rasis dont on devinait les confuses rousseurs.

La vieille femme s'approcha du lit. Le mince corps de sa fille reposait enfin après une journée de délire nerveux. D'une serviette humectée d'eau tiède, elle comprima le front hâve, si blanc qu'il se confondait avec l'oreiller.

À cette heure, au village de Saint-Luc, le silence des nuits d'octobre s'embusquait dans la cour des fermes.

Les bâtiments roux se tassaient sous les saules défeuillés. Une tristesse indéfinissable s'épandait sur les champs en chaume d'où la vie s'était retirée.

Dans le fournil des Morin, deux hommes, penchés sur la table frugale, achevaient leur repas en silence à la lueur falotte de la lampe. Le vieux père se leva bientôt et s'adressa à Nestor, petit homme noir, qui servait d'aide.

— Vers neuf heures, tu donneras la portion à Cendrée et à Nell et tu pourras les mettre à l'herbe ; la nuit s'annonce douce.

Le père Édouard Morin enleva ses bottes et gravit l'escalier d'un pas cassé. Sa femme le rejoignit sur le seuil de la chambre et lui chuchota qu'Angéline venait de s'endormir.

Elle ajouta :

— Tout à l'heure elle m'a pris la main et m'a dit : « Pauvre mère, j'ai un pressentiment que Marcel ne veut pas venir. Vous m'aviez pourtant dit qu'il arriverait ce soir. » C'est tout ce qu'elle m'a dit depuis midi.

— Je vais descendre au fort, reprit Édouard Morin après quelques instants de réflexion. Je verrai le curé et je lui demanderai de télégraphier lui-même à Marcel pour le presser de venir. Le docteur le dit bien : « Angéline se meurt de peine. Ni les remèdes ni les soins ne peuvent plus rien pour elle. »

Marie-Anne Morin accueillit par un hochement de
tête les paroles de son mari. Ils demeurèrent un moment
près du lit et leurs regards, à travers les fiévreuses ténèbres,
rôdaient sur les draps, se posaient sur le corps d'Angéline,
sur ce corps qui avait été robuste et beau. Maintenant il
achevait de se consumer. Un mal intense triomphait au
centre des forces abolies. Bien que la poitrine se soulevât
régulièrement, les vieux Morin, pourtant habitués au
spectacle de cette lente déchéance, pressentaient maintenant la fin. Ils se voyaient impuissants devant une
détresse impossible à soulager. Abattus, ils cherchaient
à comprendre, mais toute une vie industrieuse et sans
heurts les empêchait de tout saisir.

Le jour se levait. La clarté laiteuse de l'aube blan-
chissait la fenêtre. Sous les couvertures, Angéline reposait, le regard vaguement fixé vers la porte. Elle venait
de s'éveiller. Dans le fournil, elle entendit les bruits
familiers du matin, le ronron de l'écrémeuse. Des bribes
de conversation montèrent jusqu'à elle. La famille prenait
son déjeuner. Au bout d'une demi-heure les deux hommes
sortirent, sa mère entreprit la lessive, et la maison devint
sans bruit. Après quelques moments d'immobilité, elle
s'assura que nulle présence ne l'épiait et elle glissa sa
main sous l'édredon pour en retirer un miroir. Elle se
contempla dans la glace. Pommettes osseuses, lèvres incolores, yeux ardents et noirs, soulignés d'un cerne. Était-
ce bien elle ? Ce matin, elle n'eut point peur. « S'il me
voyait ainsi, pensa-t-elle, peut-être aurait-il pitié, mais

il ignore ce qu'il a fait. » Sous la taie d'oreiller elle tira une photographie qu'elle dévora de ses yeux lucides où se réfugiait maintenant toute sa vie. C'était celle de son mari, et le souvenir de cet être aimé, plus cruel que jamais dans sa froide vengeance, se mêlait à celui de la faute qu'elle avait commise par légèreté et folie, et dont son orgueil démesuré exigeait une réparation dans la mort. Elle colla cette photographie sur sa bouche et la couvrit de ses lèvres. « Marcel, ne trouves-tu pas que j'ai assez souffert pour mériter ta pitié ? Ne crois-tu pas qu'à l'extrême bord de ma vie, tu me doives l'aumône de ton pardon ? Ne suis-je pas assez réduite ? Romps ce dur silence dans lequel ton ombre, toujours présente, me persécute. Viens me dire que j'ai assez payé et je m'en retournerai légère et sans amertume. »

Des larmes silencieuses descendaient par le sillon habituel de ses joues, et ses paupières s'abaissaient comme pour mieux recréer une image effacée.

Maintenant le doux ensoleillement d'une belle matinée d'octobre emplissait la chambre. Sur le crépi lézardé dansaient de subtiles arabesques. Les bruits du matin s'éveillaient. Un chariot grinça dans la cour. Au loin on entendit le sifflement d'un convoi.

Angéline Bertrand leva les yeux vers une effigie de la Mère des Douleurs. Le fil de sa vie était parvenu à une extrême ténuité. Son âme allait se détacher. Cette belle journée était un cadeau de la nature. Mais elle sentit que

tout serait fini avant le coucher du soleil. Le visage de
son mari se présenta de nouveau à ses yeux, plus précis.
Elle s'en détacha insensiblement tout en invoquant la
Vierge.

Vers dix heures, le curé vint revoir Angéline Bertrand
et récita des prières devant la famille et quelques voisins.
Dans la campagne, les moissonneuses liaient les dernières
gerbes. Le vent folâtre apportait dans la chambre la rumeur
des attelages.

Par la fenêtre, on apercevait le jeu pourpre des feuilles
d'érable qui tomberaient à la première gelée. Et déjà la
matinée de ce jour d'octobre ressemblait à un crépuscule.

Un peu avant midi, un courrier apporta enfin une
lettre de Marcel Bertrand. Il viendrait par le train. Mais
à quoi bon maintenant ; le sacrifice était consommé.

Marie-Anne Morin relut l'annonce de son arrivée.

— Angéline est maintenant trop rendue pour le
reconnaître, dit-elle.

Comme le médecin l'avait prévu, Angéline expira
à midi. L'Angélus sonnait au campanile. Son âme de
pauvresse, purifiée par la souffrance, s'envola d'un seul
trait avec le bruit des cloches. Dans la cour, silencieux
et la gorge serrée, quelques voisins réunis autour de Nestor
attendaient le dénouement. Ils surent qu'Angéline avait
passé dès qu'ils aperçurent le chiffon noir piqué à la
fenêtre, comme c'est la coutume dans certains villages
pour annoncer aux voisins le passage de la mort.

**
*

Marcel arriva vers une heure. On ne l'avait pas revu depuis deux ans. Les traits tirés, vieilli, il avait beaucoup changé. Quelques rides accusaient la profondeur du drame qui se jouait en lui.

— Et puis, fit-il dès le seuil, en interrogeant les visages ?

Tous se turent, les yeux baissés. Le père Morin se tenait devant lui en tenue de travail. Bertrand, soudain blêmi, comprit que tout était fini.

— Je veux la voir, prononça-t-il à la fin, d'une voix à peine intelligible.

Il la contempla dans le désordre de sa couche de mourante. Ses mains jaunies, unies dans un pieux croisement, reposaient sur sa poitrine inerte. La mort n'avait pas détendu les traits. Une mystérieuse interrogation les crispait encore.

La mère s'approcha de Marcel Bertrand.

— Elle est morte en prononçant ton nom. La raison était peut-être de ton côté mais tu comprendras maintenant que tu es allé à la limite de ses forces.

En écoutant ces paroles, Bertrand laissa échapper les sanglots qu'il ne pouvait plus contenir. Ceux qui étaient là le laissèrent seul. Fou de douleur, il souleva ce pauvre corps, l'étreignit, embrassa le front encore tiède. Il pleura silencieusement, évoquant le long supplice auquel son orgueil dupé l'avait condamnée. Il sut ce qu'il en coûte d'anéantir un être aimé plus que tout au monde.

En évoquant les événements passés, la séparation, les
lettres suppliantes de l'aimée, et, de sa part, à lui, l'af-
firmation continuelle de son dédain, il se sentit dégoûté
de lui-même et de son œuvre. Maintenant il se tenait
immobile devant ce corps refroidissant. Pour lui, une
douloureuse confrontation avec l'amour vaincu commençait au-delà de l'irrémédiable. Il resterait seul à lutter
contre le désespoir né de l'obsession du bonheur à jamais
perdu. Angéline aurait tissé entre elle et lui, en payant
de sa vie, le durable lien du remords que les années ne
parviennent guère à dénouer. Et ce serait sa douce
vengeance de le posséder plus intimement dans la mort.

Angéline Bertrand, toi qui as existé et qui mourus
d'une torture subtile, d'un savant empoisonnement,

Pécheresse qui, de douleur, n'as pas banalement
aimé comme les autres,

Et qui te détachas, infiniment exténuée, quand le
midi d'octobre coulait sur la plaine déchaumée,

Ta grande ombre subsiste. Elle chemine, ardente,
au fond des soirs.

Et je sais qu'un homme désespérément piétine dans
cette ombre.

Je sais qu'avec des mains obscures il cherche ton
corps souffrant ; et qu'il erre, péniblement courbé, à
travers un infini d'ombre et de lassitude.

Je sais que ses yeux sont pleins de toi, à l'heure où dans les villages meurent tons et lumières et, sur la grande route, le son douloureux des complaintes.

LA MONTRE

Depuis une semaine le soleil n'avait pas paru. La grisaille étreignait le pays, voilait tons et couleurs. Pour me chasser l'ennui, j'étais venu passer la soirée chez Tommy Lahaie, le petit contrebandier de bagosse. Nous étions une dizaine d'hommes, garçons de ferme, colporteurs et journaliers, assemblés dans la salle commune, pièce basse éclairée d'un fanal enfumé. Tommy, la bouteille à la main, remplissait nos verres de cette eau-de-feu fraîchement distillée. Trois heures s'étaient passées en histoires et ragots de toutes sortes. La chasse, les revenants, la politique, tout y avait passé.

Tard dans la nuit, Tommy, la mine bâilleuse, indifférent à nos parlotes, était venu s'asseoir sur une bûche contre sa tortue éteinte. Bientôt il se leva et nous dit :

— Écoutez, les gars, j'ai passé la nuit dernière autour d'un brassin et je tombe de sommeil. Soyez raisonnables.

Nous eûmes pitié de ce bon chasseur d'ennui. Nous lui payâmes sa bagosse et nous sortîmes un à un sur le perron, la tête alourdie et soudain vidée de tout enthousiasme qu'elle nous avait valu.

Quel temps pourri ! Une brume humide agglutinait le village. Le reverbère éclairait faiblement la ruelle où des ruisselets d'eau vaseuse s'étaient frayé la route à travers les cailloux.

Charlie, petit Juif, un photographe de la ville arrivé la veille, releva le collet de son ciré et, m'envoyant la fumée de sa cigarette à la figure, il me souhaita une bonne nuit. Je m'aperçus, en voulant regarder l'heure, que je n'avais pas ma montre, sans doute oubliée sur mon chiffonnier. Comme deux milles me séparaient de la ferme où j'avais été embauché quinze jours auparavant, je m'éloignai d'un pas rapide sur la chaussée déserte.

Il pouvait être une heure après minuit. Je passai le pont. Laissant derrière moi les maisons endormies, je gravis la longue côte qui domine le village pour m'engager résolument sur la route noire.

C'était une nuit d'octobre froide et sans lune. Pas une étoile au firmament. Une noirceur hostile pesait sur les feuillages où le vent s'était calmé. Pas un chuchotement, pas un bruissement dans cette forêt obscure, prête à se refermer sur la route étroite.

Depuis que j'étais à la ferme, je n'avais pas encore eu à traverser ce bois où s'étaient déroulées d'assez sombres histoires, au dire des gens du pays. J'avais appris à la veillée que des habitants, en revenant du marché, s'étaient vus assaillir par des voleurs. Je ne suis pas précisément de nature poltronne. Je considère même le danger comme une hygiène physique. Mais, ce soir-là, en repassant ces racontars dans une cervelle embrumée de bagosse, je me sentais soudain envahi d'une angoisse imprécise, d'une gêne étrange.

La peur vient vite, si on lui laisse la moindre prise. Aussi j'avançais en m'efforçant de trouver dans ma pensée des points rassurants. J'allais avec précaution sur la route invisible. L'éclair blafard de quelques flaques d'eau dans l'ornière me la révélait par instants. Depuis dix minutes, je n'apercevais plus les lumières du village. En homme pressé par l'heure, je m'en allais de vive haleine. Parfois, je posais le pied dans un trou vaseux et l'humidité pénétrait mes semelles.

Bien que je n'eusse point peur, il me tardait d'avoir franchi ces arpents redoutables. À mesure que je pénétrais plus avant dans le bois, un silence plus dense s'épaississait autour de moi. Dans le calme des choses endormies, j'écoutais le bruit de mon pas irrégulier sur la terre molle. Je distinguais vaguement les formes blanches qu'allongeaient les torses des bouleaux. On eût dit un alignement de longs fantômes flous, bornes kilométriques de quel ténébreux chemin !

Soudain, je m'aperçus que mon regard venait de s'appuyer sur une forme parmi les autres, selon un choix secret de l'instinct avertisseur. Sans trop m'expliquer cette fixation involontaire, intuitive, je frémis et me retournai brusquement. Si vous avez jamais erré seul en forêt par une nuit sans lune, vous aurez eu l'impression constante d'être filé par un être imaginaire, émanation des ombres et du silence.

Mon pas se ralentit. Je me retournai une seconde fois. Lorsque je replongeai mon regard sur la forme blan-

che, il me sembla qu'allant vers elle, elle s'était rappro-
chée de moi. Poussé par une force étrangère à ma volonté,
j'osai encore quelques pas, comme hypnotisé par le silence
que déchira le cri plaintif d'un engoulevent. Et j'eus
l'impression de marcher vers un fait dramatique.

— Comme je sais être bête, essayai-je de penser
pour me donner meilleure contenance.

Mon cerveau, où la veine des images affluait, imagina
spontanément une fiction terrifiante, sans issue. Il me
sembla que cette aberration prenait corps dans la réalité.
Aidé par la bagosse, j'en venais à la certitude qu'un
homme était là, confondu avec la nuit, qui attendait.
Qui attendait quoi ? Je m'arrêtai. C'est lui qui avait dû
piller les commerçants et assommer, par un soir pluvieux
de juin, un petit jeune homme, à seule fin de terrifier
les bonnes gens. Un décret de sa volonté féroce m'avait
sans doute poussé à m'aventurer seul, sur cette route peu
sûre, à une heure aussi tardive.

Cet homme commandait à la nuit, au silence, à
cette végétation d'images tragiques qui surgissaient dans
mon esprit. Il jonglait avec ce monde de sensations
étranges qui me troublaient si fortement.

Je fis effort pour dissiper les phantasmes qui se
jouaient devant moi. Je demandai à tous mes sens d'apai-
ser ma répulsion instinctive devant une hypothèse absurde.

Déjà l'homme de la nuit calculait ses mouvements.
Je subissais de plus en plus la pression de sa volonté. Son
regard m'atteignait à travers le noir opaque où je me

débattais, seul avec ma frayeur croissante, une sueur phobique me glaçant le dos.

Et maintenant l'homme ne bougeait plus. Retenant mon souffle, je tendis l'oreille. L'évidence m'apparut alors avec tout ce qu'elle contenait d'effroi. J'eus le signe palpable d'une présence humaine à quelques pieds de moi. Un tic tac de montre-cadran ! Maintenant, plus de doute. J'avais devant moi, en un lieu où seul l'écho pouvait répondre à un cri d'appel, un agresseur décidé qui m'assaillirait à mon premier mouvement d'avant ou de recul. Je distinguais dans la froide atmosphère le relent de sa pensée brutale et criminelle.

Tout à coup je n'entendis plus que la pulsation métallique de la montre. Je perdis la notion du danger pour la recouvrer aussitôt avec plus d'acuité. Le front emperlé de sueurs, je respirais la terreur par toutes les pores de ma peau, cette terreur du noir, du mystérieux, de l'impénétrable.

Le monde extérieur composé de cette route boueuse, de cette forêt abolie, de ce ciel noir, n'existait plus pour moi. Il n'y avait que ce nocturne veilleur, que cette menace sûre, qui se replie sur elle-même, pour mieux concerter son mouvement et se livrer à l'acte meurtrier. Elle allait bientôt fondre sur moi et se transformer en un fait sinistre.

Je voulus me détourner et fuir cette menace ou plutôt la décontenancer en m'élançant à sa rencontre. Je retrouvai le mouvement souple, aérien, que donne l'effroi. Mes jambes se détendirent. J'osai quelques bonds nerveux vers l'homme mais, pris de panique, je virevoltai du côté du village. Dans un fol élan ma fuite s'accéléra, doubla, tripla sa vitesse. Je courais à toutes jambes sans tourner la tête. Il me semblait que l'homme me rejoindrait facilement.

Déjà j'entendais le bruit de ses foulées rapides. Son souffle effleurait ma nuque. Sa large main allait s'abattre sur mon épaule. Pourquoi me donnait-il ainsi l'illusion de lui échapper ?

Dans ma course folle, mon veston violemment rejeté en arrière flottait à mes trousses. J'aurais voulu lancer dans la nuit un formidable cri d'épouvante mais je me contenais, craignant que mon propre cri ne m'effrayât davantage.

À bout d'haleine, j'atteignis les premières maisons du village. L'homme avait disparu et tous mes sens étaient si bouleversés que je crus entendre encore le tic tac de sa montre.

Le lendemain matin, quand je refis la route vers la ferme, je trouvai dans l'herbe, près d'un tronc de bouleau, l'objet qui m'avait jeté dans une si grande frayeur, ma montre-cadran. Elle avait dû tomber de ma poche percée. Elle marquait une heure et demie.

AU RELAIS DE LA JOHNSON

Depuis le matin, l'esprit tatillon de Nazaire flottait entre deux décisions :

— J'irai à la messe de minuit, cré morné. J'sus pas pour passer Noël tout seul dans mon camp. J'me souviens trop de l'an dernier, c'était à crever d'ennui. J'me ravitaillerai à la Mission et ça me fera curieux de m'sentir parmi le monde. Toujours tout seul, on désapprend à parler, cré vieux garçon de Nazaire !

L'instant d'après, il raisonnait tout autrement :

— Bah ! j'irai pas, le temps menace ; le ciel est gris, y va tomber une bordée et c'est pas drôle de courir cinq milles en raquettes. Je resterai icitte, tranquille, à fumer contre ma tortue. Pendant la veillée, j'm'amuserai à sculpter un petit Jésus dans un quartier de cèdre.

Durant de longues heures, sa volonté hésitante avait oscillé dans cette alternative.

Nazaire Larouche était trappeur. Il chassait le gibier à beau poil dans les forêts de la Haute-Mauricie. Son camp en bois rond, avec son tuyau à fumée blanche, se blottissait au flanc d'une colline enneigée. La forêt de pins et d'épinettes, drue comme une chevelure, l'entourait de son silence. La vie avait une rare monotonie dans ces fonds perdus où n'atteignait jamais un humain.

Nazaire avait le torse long et plat comme ventre de carpe. Large d'épaules, le râble dru, il était bas sur pattes. Une forte tignasse dominait son long nez au cartilage grumelé par les engelures. L'abus du sommeil avait abruti le regard bleu qui luisait tristement sous la ronce des sourcils. C'était un type pittoresque à voir à cause de la conformation austère de son corps et l'hermétisme de son visage. Mais allez ! il n'était point bête ni balourd. Comme tous les hommes des bois, amants de la grande nature et de la solitude, il avait l'âme curieusement poétique et sensible aux moindres agréments de la vie sylvestre.

Depuis une dizaine d'années, Nazaire Larouche chassait le renard, la loutre et le vison dont il vendait les peaux à la Compagnie de la baie d'Hudson. Lamen-

tables marchés et souvent affaires de troc. Dans son camp
de petite façon, bien calfeutré de mousse contre les coulis
du nordet, il menait une existence qui ne différait guère
de celle de son chien.

Levé à neuf heures, il déjeunait d'un ragoût de lièvre,
chaussait ses raquettes et, le fusil sur l'épaule, il s'en
allait voir à ses pièges et chausse-trapes. Sous les branches
lourdes de neige, accoutré d'épaisses culottes d'étoffe et
d'une pelisse en peau de mouton, il s'enfonçait dans les
profondeurs de la forêt, escorté de son chien habile à
flairer les pistes. Si une bête s'était prise au piège, il lui
flanquait une balle pour l'achever et la chargeait toute
chaude sur ses épaules. Revenu à son camp, comme le
soleil de midi étincelait à peine sur la cime bleue de la
montagne, il dépeçait son gibier, mettait son dîner au
feu et, jusqu'au repas, assis contre sa tortue qui rôtissait
le cuir de ses mocassins, il flattait la tête de son chien.
Ce chien lui tenait lieu de parents et d'amis ; il se désen-
nuyait à lui chanter des refrains nostalgiques et à lui
confier, sur le ton du monologue, ses réflexions du
moment.

Vers les deux heures, Nazaire dînait longuement,
mastiquant les fibres, suçant les os et s'arrosant la gueule
d'un café d'orge aux arômes parfumés. Après le repas, il
s'allongeait sur le banc et, les yeux fixés sur les poutres,
il sombrait dans un somme intégral. Le chien aussi
dormait, la tête sur une bûche de merisier en guise
d'oreiller. Au déclin du jour, notre Nazaire s'en retournait, frileux sous la pelisse, voir à ses pièges. Journées
austères et concentrées. Le soir, un lumignon fumeux

éclairait son grand corps plié en deux sur une mauvaise chaise. Toujours devant son feu au rayonnement bien-faisant, il restait là en chaussons, délesté de tout souci et rien ne pesait plus sur sa carcasse.

Il se tenait tard dans la nuit en cette posture assez commode. Ses yeux ennuyés fixaient la flamme qui léchait tranquillement les tisons. Interminables heures de songe-rie en tête à tête avec soi-même. Il combattait l'assou-pissement, car il avait peur de la nuit mystérieuse qui couvait autour de son camp. Mais, à la longue, le sommeil triomphait et sa tête hirsute penchait lentement vers sa poitrine.

Ce jour-là, veille de Noël, Nazaire fit sa dernière tournée dès après dîner. Rentré au camp, il dépaqueta ses hardes des dimanches, défripa sa chemise blanche et sortit son casque de chat sauvage.

— J'vas à la messe de minuit à la Mission. J'cou-cherai au magasin et j'm'en reviendrai demain, décidait-il. J'remonterai des provisions. Pas une minute à perdre.

Il se lava le corps à petite eau, passa des chaussons nets, endossa son vieux complet poussiéreux et, après avoir salué son chien attristé, il partit dans la forêt.

La tempête s'élevait. Une neige dure, poussée par le nordet, flagellait les arbres. Nazaire courait sur ses raquettes. Dans le cri du vent, il distinguait la hurlerie de quelque loup affamé. Il ne craignait pas les loups avec le revolver qu'il avait dans sa poche. Les ténèbres s'étaient depuis longtemps amoncelées dans le sous-bois quand il aperçut la furtive lumière du Relais.

Comme l'onglée le faisait souffrir, il décida de s'y arrêter. Le temps de se réchauffer en fumant une pipée !

Située à deux milles de la Mission, c'était une auberge de lattes, percée de carreaux givrés, où trappeurs, voyageurs et bûcherons couchaient, mangeaient, buvaient et se ravitaillaient.

Sans façon, il poussa la porte et entra dans la salle commune éclairée par un feu d'âtre qui lui permit de distinguer quelques formes confuses. Il salua gauchement.

— Bonsoir, la compagnie !

Personne ne répondit, mais une forme se détacha du groupe. C'était la Johnson, tenancière de l'auberge : une métisse plantureuse qui accueillait les hommes du Nord. Elle s'arrêta devant Nazaire.

— Bonsoar, mon petit. T'arrives-t'y d'en haut ? Viens te chauffer avec les hommes.

— Qui sont ceux-là ? demanda Nazaire.

— Tu les connais pas. Viens toujours te chauffer, t'es tout bleu. J'vas te préparer un bon coup.

La bonne affaire ! Cela aiderait à chasser le froid qui pinçait encore dans le bout des doigts.

Après avoir avalé tout d'un trait un verre de whisky blanc, il s'avança un peu vers l'âtre, la gorge en feu et toussotant. La pièce était spacieuse et bien chauffée. Un coffre à outils, une armoire à linge, quelques chaises foncées de babiche, une table de bois brut flanquée de cinq ou six bûches en constituaient le mobilier. Dans cette salle attenante à un magasin d'effets, les voyageurs buvaient et se querellaient sous l'œil de la Johnson. Cette femme grossière et hommasse avait une fille de vingt ans, Mérée, qui lui servait d'aide. Mérée était dotée d'un physique aguichant et sa seule présence suffisait à retenir les hommes qui payaient bien.

Sur une chaise, les jambes allongées vers le feu, un homme faisait mine de dormir, le cou tordu sur la poitrine. Deux autres, accoudés sur la table, jouaient une partie de cartes. Mérée remplissait silencieusement leurs verres.

Ce joli monde ne prit pas garde au nouvel arrivant. Nazaire s'en trouva gêné et dit pour se donner contenance :

— Qu'on est ben à se chauffer les mains et les pieds, cré morné ! J'arrive de mon camp. Trois milles de raquettes, mes vieux ! Avec ça qu'y fait un temps à figer les loups.

— En as-tu seulement vu, des loups, sur ta route ? marmonna un des joueurs de cartes sans lever les yeux.

— Non, reprit Nazaire, content de lier conversation. Quand ben même il s'en serait présenté un, j' lui aurais fait son affaire.

Et, ce disant, il sortit son revolver de sa poche. Cette arme et le geste de Nazaire ne produisirent aucun

effet sur la face sanguine du joueur, soudain levée vers
lui. Mérée le regarda aussi et sourit. Et Nazaire, dégourdi
par un deuxième verre, continua, autant pour épater les
hommes que pour se faire valoir aux yeux de la jeune
fille :

— Des loups, par exemple, j'en ai vu de près, mes
vieux. Voyez cette marque que j'porte au poignet ; ma
parole d'honneur, c'était l'hiver dernier. Un après-midi,
en revenant de visiter mes pièges, j'arrive à mon camp.
Qu'est-ce que je vois ? Deux loups bruns qui furetaient
sur le pas de la porte. Mes deux chiens trépignaient
devant moi. J'épaule, j'vise un loup et j'l'abats raide.
L'autre loup s'dresse un moment sur ses pattes d'arrière
et voilà-t-y pas qu'y fonce sur nous avant que j'aie eu le
temps de recharger. Mes chiens sautent dessus pour me
protéger et les trois bêtes commencent à s'battre au milieu
d'une hurlerie. Le loup était plus fort. Il allait venir à
bout de Mousse et de Prince. J'pouvais pourtant pas tirer,
de peur de blesser un de mes chiens. Mais j'assène un
coup de crosse sur la tête du loup qui tombe assommé.
J'ai pas eu besoin de m'en mêler. Mes chiens l'ont achevé.
Malheureusement, Mousse mourut deux jours après, de
ses blessures.

Le dormeur, éveillé par la voix inconnue, s'était
tourné vers Nazaire :

— Tu en forges, mon petit, dit-il sur un ton
bravache. Un loup, ça s'défend plusse que ça. Crois-moé,
qui les connais.

Les deux joueurs et Mérée soulignèrent cette
remarque d'un petit rire narquois.

L'homme qui avait parlé s'appelait Guillaume, surnommé le Mulot, à cause de sa paresse. Il faisait la chasse par intermittences et se pensionnait chez la Johnson. Quoique affligé d'un embonpoint graisseux, il courtisait Mérée. On le disait fort et batailleur. On pouvait le croire car il avait les hanches trapues et le dos râblé.

— J'm'étais assoupi, dit-il encore. Depuis quand ce vantard-là est-il arrivé icitte ?

— J'en viens, répondit Nazaire sur un ton calme. Je filais vers la Mission pour assister à la messe de minuit quand j'ai été surpris par la tempête. Si le temps se radoue, j'ai l'intention de continuer. Ça serait trop bête de manquer la messe après avoir fait deux heures de raquettes. D'autant plus que j'dois me ravitailler.

— Ravitaille-toé icitte, dit Mérée, en venant se poster devant lui.

— Mais la messe ! objecta Nazaire.

— Tu ne sais donc pas que la Mission a passé au feu le mois dernier, insista Mérée.

— Eh oui ! conclut-elle. Des bûcheux y ont mis le feu après avoir bu.

— Ce qu'elle dit là est vrai, appuya Guillaume. D'abord, chasse-toé cet air de carême. T'es pas dehors là. T'es au Relais. Tu vas voir qu'on passe ben son temps au Relais. Pas vrai, Narcisse Trottier ? Pas vrai, le croche à Grand'Maison ?

Il en appelait aux joueurs de cartes. Il était visiblement éméché et Nazaire flaira une odeur de bataille.

— Si j'sors d'icitte sans avoir défendu ma peau, pensa-t-il, c'est qu'il deviendra trop soûl pour m'engendrer chicane, cré morné !

Le Mulot s'était levé de sa chaise et, les mains posées à plat sur son ventre bedonnant, il laissa sortir des hoquets de sa gueule moustachue.

— Ton coup te fatigue, l'ami, remarqua Nazaire qui comptait sur ce propos sarcastique pour en imposer.

— Viens-y voir, grand nez d'orignal, retorqua le Mulot. Si t'es prêt à payer ton écot, on verra ben si le whisky me fatigue. La petite Mérée, apporte-nous nos verres. Il me semble qu'il fait fret dans le bungalow.

— Hé ! hé ! rignocha Nazaire dans sa manche. Si j'ai un grand nez d'orignal, il est ben mouché.

Mérée apporta une bouteille pleine que Nazaire paya deux dollars.

Au bout d'une heure, le Mulot, Narcisse Trottier et le croche à Grand'Maison fraternisaient au milieu de la place. Ils giguaient, chantaient des chansons à boire, se gratifiaient de claques dans le dos. Les murs viraient autour d'eux et la gaillarde Mérée les stimulait à trinquer.

Elle était mise d'une mince robe d'indienne qui laissait deviner les rondeurs affriolantes de son jeune corps. Elle prenait son verre avec les autres, en échangeant des œillades avec le Mulot. Nazaire se rendait confusément compte de leurs signes d'intelligence, et cette constatation lui donnait envie de se pavaner, de dire des fanfa-

ronnades, afin que Mérée le trouvât plus intéressant que
Guillaume. Mais il avait beau manifester les dons les plus
ingénieux, Mérée faisait mine de le dédaigner et continuait de s'acoquiner au Mulot. Et de boire et de palabrer !
Les heures fuyaient dans cette atmosphère de négoce et
de rivalité.

— J'te trouve pas mal laid et mal léché pour t'occuper d'une jolie fille comme Mérée, dit Nazaire à Guillaume.

Cette impertinence, après quelques autres de même
nature, coula comme du beurre fondu sur l'épiderme du
Mulot.

— Te crois-tu mieux venu, avec tes pattes de
morpion ? lança Guillaume en cajolant la nuque de Mérée
de sa grosse main brune.

L'instant d'après, le Mulot lui faussa compagnie
pour s'éloigner dans le magasin, suivi de Mérée. Nazaire,
la tête lourde, se déchaussa près de l'âtre où flambait une
énorme bûche, tandis que la Johnson préparait les
chambres.

Mérée revint seule. Elle se laissa choir sur une chaise,
se déchaussa aussi et posa ses pieds nus sur céux de
Nazaire. Celui-ci tressaillit, mais il était si las qu'il regardait l'horloge d'un œil hébété. Elle marquait deux heures.
Sur le banc, les bras sous la nuque, Narcisse Trottier
cuvait sa boisson dans un sommeil de plomb.

— Veux-tu te coucher aussi? fit Mérée.

Sans répondre, Nazaire se leva. Mérée le conduisit
à sa chambre. Comme il y entrait, il vit dans la demi-
obscurité la silhouette du Mulot. Au même instant, il
reçut un coup violent à la tête. Mérée l'avait sans doute
frappé. Le Mulot l'acheva d'un coup de poing entre les
deux yeux. L'infortuné chasseur tomba, assommé sur le
plancher, près du lit...

Le lendemain, Nazaire s'en retournait dans la forêt
saupoudrée de soleil. Il s'était fait chiper son argent et
son revolver. Le Mulot avait foutu le camp et Mérée ne
s'était pas montrée. Dans ces fonds perdus, le persécuté
a toujours tort. Et Nazaire, en allongeant tristement ses
foulées sur la neige rêche, les maudissait tous deux au
fond de son cœur.

FLAMBÉES DE JOIE

Les jours laiteux et froids neigeaient doucement contre la vitre. Nous surveillions les dates sur le calendrier fatigué. Enfin nous entrions dans la semaine de Noël.

— Il faut aller au village, acheter ce qu'il faut pour passer les fêtes convenablement, disaient les femmes.

Et par une humide après-midi sans soleil, la carriole partait sur le chemin de neige dans un bruit frileux de clochettes. Aux ténèbres tombées, elle s'en revenait chargée de provisions de toutes sortes : bonbons français, tuques de chocolat, surettes, biscuits glacés, paquets de gélatine et mille autres gâteries inaccoutumées.

Dans cette après-midi du vingt-quatre, mon grand-père décrochait sous le manteau de la cheminée le sac de noix amassé en octobre au bord des coulées.

— Écalez ça, vous autres, les enfants, disait-il.

Les femmes brassaient des pâtes, plantaient le coutelas dans la fesse de bouvillon, assaisonnaient les viandes, bourraient les volailles. Sur les rondelles du poêle, les marmites chantaient. J'ai encore ce chant à l'oreille, ce chant de quiétude et d'abondance auquel répondait le son d'un cricri vieux comme la maison.

Mon oncle coulait son vin de cerise. Mon grand-père s'entourait de fioles et de carafes pour réduire le whisky.

Vers le soir, sur les dressoirs de la laiterie, s'alignaient les corbeilles de beignets dorés, les croustillants pâtés au lard, les mokas glacés au chocolat. Des rôtis plantureux baignaient dans leur graisse. Des chapelets de saucisses pendaient au-dessus des pots de confiture. Les tablettes étaient si chargées qu'elles faisaient un ventre. On avait devant soi assez de victuailles pour régaler cent convives.

C'était maintenant le tour des vol-au-vent qu'on pansait, d'après une vieille recette, d'une crème fouettée à la gomme arabique, les énormes gâteaux à étages, les tartines au suif et au sucre du pays. Sans cesse frottées à la flamme du poêle, les ménagères ruisselaient, les pommettes en feu. Il y avait dans la pièce un mélange de fumets qui affolaient l'appétit. Et pour nous, les hommes, mis en éveil par l'apprêt de tant de mets, une certaine excitation secouait notre torpeur. À la place de nos songeries dolentes et renversant leur monotonie, s'installait une hâte maladroite et malaisément contenue.

Et par la nuit sereine, évocatrice de joie dans l'esprit des gens simples, c'était la veillée en famille à fredons murmurés près du feu. Toute la maison rafraîchie par le grand ménage sentait les catalognes nettes, les planchers frais, les nappes amidonnées. Le reflet de la lampe caressait les objets. Toute chose était en place, bien rangée et, pour nous, la sensation d'un ordre parfait se mêlait au plaisir de pénétrer, l'âme neuve, dans le cycle des fêtes.

Puis venait le délicieux voyage dans la nuit de Noël. Une paix mystérieuse, une atmosphère élargissante s'épandaient sur la campagne aux collines cimées de lune. Le son clair des grelots, le crissement des lisses sur l'ornière de neige durcie, le scintillement indéfini des étoiles, la caresse des fourrures sur les joues, la chaleur qui rôdait de corps à corps sous les peaux de carriole, tout cela émerveillait la sensibilité de nos cœurs paysans. Nous nous en allions dans le paysage boréal avec une chanson figée dans la gorge. Un grand amour, venu des couches les plus profondes de l'attente, s'amassait dans nos poitrines. Jamais je ne retrouverai ces moments de plénitude ni ces impressions de naïve et profonde poésie.

Étrange nuit qui dérangeait les façons accoutumées ! Du haut de la côte s'apercevait le vieux village tout recroquevillé sous sa chevelure de fumées, mais vivant

de tous ses feux, par cette nuit de rites fabuleux qui
ouvrait la saison des Fêtes. Il nous apparaissait dans un
nimbe d'étrange féérie, par ces ténèbres sacrées qui le
voyaient tout illuminé, triomphant du sommeil. Dans
les ruelles, les portes grinçaient et les bonnes gens, —
silhouettes mouvantes à la clarté des réverbères, s'ache-
minaient dans le minuit d'amour.

L'église était comme un bûcher de joie. Mille feux
jouaient dans ses hautes fenêtres. Les petites rues portaient
vers son porche le joyeux défilé des villageois. Par les
routes, qui toutes dévalent à flanc des collines douces,
on voyait accourir dans une sonnerie de grelots les frin-
gants attelages des rangs. Et sur tout le paysage, les
cloches qui chantaient l'appel divin. Nous nous trouvions
bientôt sur le perron de pierre, mêlés aux rentiers qui
mouchaient leurs brûle-gueule.

Nous entrons dans l'église. On entend préluder
l'orgue dans sa rude soufflerie. Le vicaire en surplis quitte
précipitamment le confessionnal, laissant penauds les
pénitents retardataires. Un moment nous restons là, contre
le banc d'œuvre, à déboutonner nos capots afin de paraître
moins empêtrés. Et puis, à pas très lents, nous gagnons
notre banc. Enfin nous sommes à genoux, les mains nues
sur le bois chaud. Dans l'allée, les dignes bourgeoises
font leur entrée, suivies de leurs jolies filles emmitouflées
de fourrures. Nous, les jeunes, nous les enveloppons du
regard. C'est un moment précieux pour le timide adoles-
cent qui n'est pas encore admis au privilège de courtiser
les filles, mais qui déjà se sent amoureux des plus belles.

Bientôt l'assistance est au complet. Le tinton a cessé. La théorie des enfants de chœur défile dans un froissement de robes écarlates. Voici le vieux curé à la tête neigeuse qui s'avance d'un pas cassé. C'est maintenant que l'autel m'apparaît dans une fulguration de cierges et de lampions dont les flammes dansantes jouent parmi les fleurs de verre. Et la crèche avec son décor de rusticité naïve, l'âne bonasse et le bœuf, les bergers recueillis, la Vierge et saint Joseph penchés sur la litière où repose un beau Jésus de cire. Je viens d'apercevoir la tête fière du bedeau. Il passe dans toute sa gloire inégalable au long de la balustrade. La messe vient de commencer.

Nos plus belles coutumes campagnardes, héritées des anciens, sont pour la plupart tombées en désuétude. Nos paysans troublés dans leur paix par les inventions du siècle ont peu à peu cessé de les pratiquer. Il fallait s'attendre que leur bon sens émancipé leur ferait rejeter un héritage dont l'usage quotidien des gazettes, de la radio et de l'automobile leur révélait soudain le côté archaïque et démodé. C'est un grand dommage car elles étaient de fécondes créatrices de joie, sachant dégager le plaisir, l'émotion et le rire sous la peau lisse de la vie de tous les jours. Ces traditions étaient le bon mortier qui tient les maisons bien assises. On voit aujourd'hui que leur disparition a laissé un trou d'ennui et de désœuvrement dans l'existence des terriens. Le cachet original de la campagne s'est insensiblement uniformisé à la platitude ouvrière des villes. Depuis qu'on ne s'amuse plus dans les villages, depuis qu'on a coupé les ponts avec le merveilleux, l'enthousiasme à l'œuvre de la terre a laissé place à un vague sentiment de défaitisme ou de pis-aller. Craignant le ridicule que leur vaut le titre de ruraux, les jeunes désertent. On peut observer le même phénomène de bout en bout du pays : les villes mangent les campagnes, elles pompent le sang des fermes mal gardées.

Mais du temps où je vous parle — il y a quinze ans à peine —, j'ai vu quarante convives prendre part au réveillon de Noël que mon grand-père offrait à la parenté et à ses proches voisins.

Tout ce monde avait le rire dans la gorge comme une flambée de joie. Le vin de cerise et l'âcre whisky coulaient sagement dans les verres qui semblaient faits de la pâle clarté des lampes. Comme on manquait de sièges pour asseoir tout ce monde, on se tenait debout, épaules contre épaules, les jeunes mêlés aux vieux, les femmes en frisettes merveilleusement intercalées dans les groupes d'hommes. En attendant le repas, pendant que les ménagères mettaient une dernière main à la table, on s'amusait avec l'heure ; on prolongeait le plaisir de sa faim, on le vérifiait au creux de l'estomac où les boissons commençaient leur joyeuse ébullition. Le regard se promenait complaisamment sur l'extraordinaire profusion des mets. Les mamans aux joues empourprées, les filles en leurs plus beaux atours manifestaient un entrain peu commun. Un appel chantait sur leurs visages de santé et les hommes les caressaient du regard et les faisaient consentir dans les parties instinctives de leur tendresse. L'épouse et la jeune fille étaient mises en commun pour ces timides jeux du désir et je crois que c'était un atout précieux pour la maison ancestrale dont les fêtes étaient, de ce fait, spontanément recherchées.

Les mets qui avaient l'honneur de figurer à ces immémoriales truandailles étaient, il va sans dire, de fabrication domestique. Les ménagères les avaient apprêtés au goût des vieilles grand-mères qui détenaient encore certains secrets de la boustifaille française. Mais ce goût si rare et si savant a été, pour ainsi dire, lavé par la vague publicitaire dont nos fabricants de conserves, confitures et autres friandises ont généreusement arrosé le pays depuis quinze ans.

Nos paysans n'avaient pas encore sombré dans cette intégrale parcimonie qui, aujourd'hui, leur fait justement redouter l'époque des repas de famille. Ils aimaient une grande table, cédant presque sous le poids des victuailles et décorée à la manière forte. S'il avait fallu sacrifier les plus belles crêtes du poulailler et par-dessus le marché des filets de bœuf entiers, cette folle prodigalité avait peu importé aux yeux du maître de la maison dont l'orgueil était de prouver sa force par l'abondance et la succulence de la chère. Chez nous c'était l'usage, et il aurait fallu voir les viandes fumantes dans les immenses plats de porcelaine : rôtis énormes figés dans leur graisse, dindes farcies, civets noyés dans la sauce ardente, honnêtes pâtés au lard. Et vous, aimables cousins, impétueux oncles aux faces sanguines, mangeurs pantagruéliques, quel souvenir je garde de vos grands et téméraires coups de fourchette !

Comme vous êtes rentrés profondément dans ma chair avec vos somptueux enthousiasmes, vos propos éclairants et nourris du primesaut de la vieille France, votre sens merveilleux de la vie exaltante et sans vide ! Vous étiez paysans mais point balourds. Et votre esprit avait des lueurs et des malices qui eussent effrayé le subtil et vain marivaudage des freluquets et des salonnards. Vous étiez tout d'une pièce, compacts, indéplaçables, doués d'une puissante unité, en vrais fils de la terre.

UNE NUIT SUR LA COLLINE

UNE NUIT SUR LA COLLINE

Cela est venu comme un noir châtiment.

Il y avait assez de fautes amassées sur le dos de la colline.

Le village s'enfonçait dans l'avarice et la dureté de cœur. On remarquait partout une pudeur hypocrite qui ne trompait personne. Derrière d'honnêtes façades se cachaient de vieux vices profondément enracinés dans les âmes et nourris des pensées quotidiennes. Comme un fruit gras, le village se décomposait dans la quiétude et la richesse.

Dans l'après-midi, pendant qu'on était à faucher l'avoine, le soleil se voila et le ciel prit des tons d'ardoise.

À l'heure de la traite, on entendit du côté de chez Delphis un grand coup sourd frappé dans la terre. Le soleil reparut à l'heure où l'on rompait le pain dans les fournils.

Les travailleurs s'éventèrent sur le perron. Les garçons partirent comme d'habitude à bicyclette. C'était soir de bonne veillée. Puis les gens rassis, après avoir causé un brin, montèrent se coucher.

Quelques heures après, un silence et une solitude profonds, enchantés de la flûte des grenouillères, bordaient le sommeil des hommes. Dans la voluptueuse nuit d'août, la nature reposait et les étoiles scintillaient dans le ciel enluné.

Tout à coup, vers les onze heures, on entendit un cri déchirant dans la côte, auquel répondit, sur le plat des hautes terres, le hennissement des poulains. À l'instant même les vaches meuglèrent étrangement, et les chiens, de ferme à ferme, firent entendre des hurlements épouvantés.

À ce moment, Petit-François atteignit le seuil de Delphis. Il donna un grand coup dans la porte du fournil qui s'ouvrit d'elle-même en claquant sur le banc des seaux.

— Levez-vous tous, v'nez voir c'qui s'passe... v'là la fin du monde !

Il avait la bouche pleine de terreur et il ne pouvait en dire plus long.

Chez Delphis, toute la famille en caleçons courait à la fenêtre septentrionale. Saisi en plein sommeil, on n'avait pas remarqué cet étonnant bruit sourd qui courait sous la maison. Mais voilà que, les yeux écarquillés, l'on regardait, sur le versant de la coulée, valser à la lune les talles de bouleaux blancs.

Pendant ce temps, Petit-François, curieusement retourné, faisait les fermes au long de la rivière. Partout, comme devenu voyant, il enfonçait les portes et annonçait la fin du monde. Et la même scène que chez Delphis se répétait chez Pitou, chez Laurent, chez le Rouge à Cariote et chez les autres qui s'interpellaient à tue-tête d'une fenêtre à l'autre.

Partout on se signait et on récitait l'acte de contrition en passant la culotte. Et, les jambes flageollantes, on dégringolait les escaliers pour tomber dans une atmosphère apocalyptique.

Devant la grande appréhension, les hommes se rassemblaient d'instinct au milieu de la route pour se concerter, laissant les femmes muettes d'effroi sur le bout des perrons. La lune éclairait leurs gestes démesurés et contradictoires. Ils parlaient tous ensemble, en phrases inachevées et inintelligibles.

— C'est Petit-François qui s'en revenait du village.

— Moi, j'dormais pas, fit Delphis. Le vieux s'est levé de son lit et il a dit : « C'est un tremblement. »

— Ça m'a tout l'air d'une explosion de gaz, nos terres sont pleines de sources. Telle était l'opinion de Laurent.

Aucune explication rassurante ne sortait de ce conciliabule étrange au bord de la nuit.

— Et vous allez voir, prédisait Guillaume, ça fait que commencer.

En effet, quelques minutes plus tard, quand le monde fut bien en place comme pour un événement tellurien, la terre se mit à faire des siennes. On entendit, pour la deuxième fois, un vaste bruit sourd venu des profondeurs et une senteur sulfureuse se répandait. Les entrailles du sol semblaient vouées à quelque élémentaire colique.

Les femmes affolées montèrent dans les hauts chercher les petits. Elles les serraient bien fort, car on voyait dévaler par la coulée, en marche vers la rivière, d'énormes vagues brunes. De la glaise et de la boue, sans doute. Dans la nuit bleue, la terre ondulait immensément puis se retournait, se convulsait dans un suprême effort pour évacuer une puissance étrangère. Tous les bruits souterrains s'étaient tus, excepté un clapotis intérieur qui laissait présager que la colline allait s'enfoncer.

Delphis était noir sous son feutre. Il agitait ses grands bras nerveux vers les aulnes de la coulée qui, un instant, se balancèrent idylliquement à la brise. La mère Josée tournait en rond et radotait, son chapelet à la main. Chacun se disait que c'était bien là la fin de tous. Et personne ne songeait à prendre des effets, croyant que tout allait finir par ce beau soir lunaire.

De là-bas, où penchait une vieille grange délabrée, s'entendit un sinistre craquement de planches. Et les clous rouillés crissèrent dans leurs trous.

C'était comme si la terre, tiraillée par quelque formidable démon, s'éventrait d'elle-même pour laisser sortir le Malin. Et il n'y avait rien de plus fantastique à voir que ces sombres vagues de terrain boueux, hautes de trente pieds, parfois plus, qui descendaient toujours, lentes et lourdes, au pas d'un homme, dans un moelleux glissement.

— Ce sont les terres d'en-haut qui déboulent à la rivière.

— La maison de Louis-Joson va partir.

Voilà ce que l'on criait par la nuit. Mais ce ne fut point vrai. Ce qui se passa, personne n'avait osé se le figurer, car il en eût senti sécher sa langue et blanchir ses cheveux.

C'est que toute la colline elle-même, comme un inconcevable mastodonte, se mit à se dandiner sur sa base, puis à avancer avec ses arbres, ses maisons et ses gens dressés comme des fantômes dans un rayon qui les grandissait, toute la colline qui entreprit de voyager. Elle se déplaçait tout d'un bloc, sans s'effriter. Des vapeurs gazeuses montaient par une large fissure, le long d'un rideau d'arbres.

— C'est la butte qui marche. À va s'ouvrir.

— Résignez-vous à mourir, on va être engloutis.

La colline ne s'ouvrit, ni ne s'enfonça. Et ce fut tout autre. Elle se haussa, après avoir parcouru un demi-arpent qui paraissait une lieue. Et il sembla que d'innombrables forces la soulevaient pour la basculer dans la rivière. Et pourtant la nuit, tout autour, était merveilleusement calme, et la colline, après s'être déplacée dans un silencieux aheurt, s'apaisait...

Les ténèbres passèrent. Les gens du rang restaient sur place, évitant de marcher, craignant que la terre pût s'ouvrir sous leurs pieds. Les vieux, les premiers, rentrèrent en secouant leurs pipes, les jeunes demeurant entreeux. Pendant que les femmes horrifiées réintégraient à leur tour les maisons, avec les enfants, les hommes, eux, comme des sentinelles vigilantes, veillaient au sommet de la colline qui trônait, à présent, au beau milieu de la rivière, avec ses maisons, ses bâtiments intacts et le bétail meuglant ; îlot monstrueux auprès duquel les eaux, tirées par un fort courant, se fracassaient. Ils n'avaient pas osé dormir. Ils redoutaient à présent la terre. Voilà qu'ils n'étaient plus en sécurité avec elle. On n'aurait pas songé qu'une nuit personne n'aurait le cran de dormir au frais dans les chambres inondées de l'air moite de la nuit.

Et, à mesure que l'aube aux clartés blanches s'étendait sur toutes ces choses, révélait les nouveaux aspects de la terre, tirait de la nuit ses buissons fantastiques, les hommes écarquillaient les yeux, méditaient, creusaient leur conscience. Et rien n'était à leurs yeux plus éminemment souhaitable que le lever du soleil qui viendrait les délivrer de cette nuit de cauchemar et d'avertissement.

FIN

1930-1940

DOSSIER

EN GUISE D'ÉPILOGUE

Le paysan que j'ai tenté de décrire dans « Courriers des villages » n'existe plus. La ferme traditionnelle avec sa variété de métiers et de cultures est du domaine du passé. La terre a perdu son antique noblesse, ses gens amoureux de « la belle » ouvrage, ses types aux traits profondément burinés par la solitude et l'angoisse. En moins d'un demi-siècle, c'est l'avènement d'un monde qui nie ce côté paysan que chacun cachait comme une richesse au plus intime de sa fibre. C'est l'émergence d'une nouvelle société, ignorante de ses origines, qui, socialisée à outrance, collectivisée, développe un style de vie dans lequel s'éliminent d'eux-mêmes les particularismes hérités du passé. L'homme qui, au cours des âges, s'est adapté à tant de situations, une fois de plus affronte son destin. Il s'avance, cette fois, dans une révolution des mœurs, des goûts et des idées qui transforme radicalement toute vie humaine sur terre. Et c'est déjà l'orée d'un nouveau siècle voué à d'autres valeurs, à d'autres aventures.

La paysannerie, même celle qu'ont exprimée entre autres Giono, Pourrat, Ramuz, Bosco et, chez nous, Grignon, Guèvremont, Ringuet, est mal vue des milieux académiques souvent snobs. La fine critique n'en aime guère le contexte. Pour elle, l'homme des champs, rustre et laid, est à tenir à distance, car il pourrait, de ses gros pieds, salir la moquette pâle des salons où rutile l'esprit caustique des diplômés. Il devient incongru, en notre siècle d'aseptie, de s'occuper du paysan malpropre qui, d'ailleurs, n'a pas d'âme, mais seulement un primitif appétit de vivre, de ce paysan qui n'est qu'un agrégat de tendons et de muscles, et dont l'intelligence dépasse à peine le niveau de l'instinct.

Le paysan miséreux a depuis longtemps laissé place à un seigneur de la terre, dont le bien vaut un quart, un demi-million et plus dans bien des cas. La maison et les bâtiments de construction récente sont entourés de pelouse. Il règne sur une industrie qui ne rappelle en rien la ferme d'autrefois. Dans la grasse prairie, un grand troupeau d'holsteins broute paisiblement l'herbe drue vite transformée en ces produits chers que réclame de plus en plus la table citadine. Un mécanique sophistiquée abat le boulot. Le propriétaire a mis sur ordinateur les données ayant trait à ses élevages et à sa comptabilité. Cet homme en tenue sport goûte des loisirs, voyage, se distrait. L'âge de la crêpe, des fèves au lard et de la bagosse, malgré des airs d'éternité, a fini par passer. Le terrien d'aujourd'hui mange, boit, vit comme le citadin et, de ce fait, pense comme lui. Pour ainsi dire, il n'y a plus de campagne, mais seulement des dépendances des villes, des banlieues productives et bien aérées. À toutes fins utiles, le villageois vit en milieu urbain. Il fréquente assidûment le supermarché, les centres commerciaux, le stade et, s'il va encore à la messe, ce sera souvent à la basilique.

Qu'il soit un grand conteur ou un terroiriste sans talent, l'écrivain de la terre, heureusement, n'a pas eu de descendance. Dans « Courriers des villages », j'ai été le dernier à me préoccuper de ce type d'humain plus ou moins accordé à la nature qui, tout en la redoutant et souvent la haïssant, lui prodiguait l'effort de ses bras. Ce livre de récits est presque devenu un répertoire de notations anthropologiques. Les derniers grands « simples » qui y sont évoqués avec leurs traits classiques et légendaires sont à jamais disparus. J'ai essayé de maintenir hors de la portée du temps leur âme, leur geste et leur mouvement, m'inscrivant en faux contre des observateurs superficiels qui croient que le campagnard d'autrefois est un stéréotype de la nature confiné à quelques gestes ancestraux. J'ai toujours été stupéfait du dédain facile que, par exemple, trop d'intellectuels désincarnés manifestent à l'égard de ce monde articulé et bien humain qu'est la paysannerie. Qu'on me le pardonne, mais je tiens qu'« À l'ombre de l'Orford », « Le survenant », « Un homme et son péché », « Trente arpents » sont des œuvres à la portée universelle, même si elles se situent hors des surfaces asphaltées.

Clément Marchand

POUR CONNAÎTRE UN PEU MIEUX
CLÉMENT MARCHAND

Le nom de Clément Marchand est associé au journalisme et à la littérature depuis 1932. À cette époque il acquit avec Raymond Douville l'hebdomadaire *Le Bien public* fondé en 1909 par le clergé des Trois-Rivières pour défendre les droits ouvriers dans une ville déjà très industrialisée. Il dirige ce journal et sa maison d'édition jusqu'en 1978. Environ quatre cents titres parurent à cette enseigne. Toute la production éditoriale de Clément Marchand s'inspire de sa préoccupation de promouvoir la cause du peuple par la libéralisation de ses institutions. Les journaux, revues et radios du Québec ont diffusé des textes de cet écrivain sur les sujets les plus variés. Auteur de deux livres qui lui méritèrent plusieurs prix et décorations dont, en 1985, le Prix littéraire des Trois-Rivières, ville où il a œuvré toute sa vie, et l'Ordre des hebdos régionaux du Québec. Il est membre de la plupart de nos sociétés littéraires.

Il y a maintenant près d'un demi-siècle que ces récits — plus tard réunis sous le titre de *Courriers des villages* — ont commencé à paraître d'abord dans *Le Bien public,* puis dans *L'Ordre, La Renaissance* et *Candide.* Ils furent publiés pour la première fois dans le tome I des *Oeuvres d'aujourd'hui* (Librairie d'action canadienne-française) en 1937, lus sur les ondes de Radio-Canada par Albert Duquesne en 1938 et repris, depuis ce temps, par des radios scolaires. En 1940, *Le Bien public* présente une nouvelle édition de *Courriers des villages,* illustrée de bois gravés du célèbre peintre nicolétain Rodolphe Duguay, dont on fait six tirages de deux mille en deux ans. En 1942, on cesse la réimpression et, depuis ce temps, ce livre est devenu introuvable en librairie. Il s'agit d'une œuvre de jeunesse dont l'auteur écrivit une partie pendant ses vacances de collège, à l'étage d'une petite maison de ferme sise dans un rang isolé. En 1983, Les Presses laurentiennes reproduisent trois contes dans la collection *Le Choix de.* La présente édition montre un certain nombre de corrections mineures et de variantes sur les éditions précédentes. Dès le départ, ce livre se voulait un témoignage de fraternité à l'égard des gens humbles de la terre dont Clément Marchand est issu et qu'il s'est efforcé de bien voir pour en faire un portrait vivant.

EXTRAITS DE LA CRITIQUE

Courriers des villages

Ce livre est simplement délicieux. Clément Marchand est un poète qui écrit en prose et c'est un charme de le suivre à la campagne qu'il connaît sur le bout de ses doigts, et qu'il décrit comme personne ne le fait chez nous, d'une encre qui n'appartient qu'à lui.

> Harry Bernard
> *Le Courrier de Saint-Hyacinthe* - 1937

Clément Marchand dans ce livre excelle à peindre ses personnages d'un seul trait. Sous sa plume surgit tout naturellement la phrase poétique et claire.

> Julia Richer
> *Le Droit* - décembre 1937

Clément Marchand a semé dans les journaux et les revues des poèmes, des études, des morceaux lyriques d'une rare qualité. C'est un tempérament d'écrivain nerveux d'une fougue contenue. Il a du fond, une belle culture et un style d'une grande richesse. La vision est aiguë et toujours juste.

> Pierre Daviault
> *Le Droit* - décembre 1937

Par-dessus tout, l'auteur des Courriers des villages est un poète authentique. Nous n'en finirions pas d'énumérer toutes ses réussites, qu'il s'agisse du « Destin d'une gloire locale », qui moque sans malice la vanité des cultivateurs ou de « L'orage », d'un style fort et net, ou de

la « Nuit sur la colline » où l'auteur atteint les cimes
d'un seul élan.

> Roger Duhamel
> *Le Devoir* - 1940

Le style des Courriers est sonore, martelé, net et
précis. La phrase a toujours du rythme. On dirait même
parfois les mots choisis pour leur résonance.

> Michelle Le Normand
> *Le Devoir* - février 1941

Ah ! mon doux, quel bonheur ! Clément Marchand
nous conduit avec ses Courriers des villages dans un véritable paradis littéraire. Il ne possède pas seulement un
vocabulaire d'une richesse révélatrice. Il est un obser-
vateur émouvant et mouvant, toujours en marche, à la
recherche du trait pris sur le vif. Un tableau d'un réalisme
aussi cru que « La boucherie » classe un écrivain pour
toujours. Clément Marchand porte dans son cœur et dans
sa tête un poids immense, il faut qu'il s'en dégage. Il
écrit. Et c'est toute cette mémoire héréditaire, dont parle
quelque part le génial Daudet, qui y passe. D'un seul
flot, d'une seule coulée d'encre.

> Claude-Henri Grignon
> *Le Pamphlets de Valdombre* - janv. 1938

L'étude du vocabulaire de Clément Marchand, si
agreste, si savoureux, qui sent bon la terre âcre des guérets
demanderait un long article. C'est un style neuf au pays
des vieilleries littéraires.

> Maurice Laporte
> *Le Jour* - 12 février 1938

Jamais peut-être un fils de la terre de chez nous n'a manié la langue avec plus de justesse et de sincérité. La phrase de Marchand reste l'une des plus parfaites du Canada français, peut-être même la plus ciselée et la plus dense.

Roger Brien
Le Bien public

Je recommande aux fabricants des futures anthologies ces textes émouvants de Clément Marchand, l'un de nos meilleurs écrivains.

Henri Girard
Le Canada - janvier 1938

Clément Marchand est essentiellement un poète et un créateur, qu'il écrive en vers ou en prose n'y change rien. Il a ce don de vie, ce lyrisme, ce sens du rythme et de l'image qui transposent la réalité pour lui donner tout son prix.

Guy Sylvestre
Le Droit

Clément Marchand, journaliste et poète d'accent très personnel, c'est l'œil ouvert et le bon qui a couru les campagnes. C'est d'une plume bien alerte et servie par un ample vocabulaire qu'il présente ses personnages et raconte divers épisodes de la vie rurale.

M.-A. Lamarche, o.p.
La Revue dominicaine - décembre 1938

Tâtez l'esquisse d'un bestiaire ! Guillaume le Pelé, Firmin Groleau, Adeline et Célestin, Fanfan et M. Vieillandouil se campent devant nous autrement que des

marionnettes idiotes. Clément Marchand a le don de
l'observation aiguë, de l'expression adéquate à l'observation, chargée sans excès de couleur et de poésie.

Émile Bégin, prêtre
L'Enseignement secondaire - avril 1938

Aucun écrivain de chez nous n'avait su encore décrire
avec autant de richesse verbale, de coloris et de verve la
vie canadienne. Ses récits de la terre sont de ceux dont
s'enorgueilliraient les lettres de n'importe quel pays.

Hervé Biron
Le Nouvelliste - 1942

Courriers des villages, par Clément Marchand, neuf
et délicieux.

A. Laliberté
Le Progrès du Saguenay

Un livre, en voulez-vous un qui évoque tout un
monde vivant de vie paysanne, avec ses joies, ses soucis,
ses habitudes, ses préoccupations, son atmosphère et son
parfum de terre fumante ? Courriers des villages.

Françoise Gaudet-Smet
Paysana

Le paysage intérieur de Marchand est de pleine
lumière et de plein air. Lumière si fine, si diaphane que
les mots se détachent sur un fond rayonnant.

Arthur Laurendeau
L'Action nationale - janvier 1941

La boucherie : il fallait le crayon impitoyable de
Clément Marchand pour nous livrer cette scène au natu-

rel, à la façon d'un Breughel ou d'un Jérôme Bosch. Ce récit restera sans parallèle dans la littérature canadienne, tant par la qualité du détail que par le fini, l'incomparable perfection de l'ensemble.

Hervé Biron
Le Nouvelliste

La sensibilité de Marchand, toujours frémissante, s'exprime avec force et un style dense et personnel. On trouve peu de pages dans notre littérature qui aient cette plénitude et ce mouvement, peu de morceaux aussi admirablement composés, et qui pourtant ressemblent par la nouveauté de l'image et le raccourci à un grand récit de primitif.

André Laurendeau
L'Action (Québec) - 27 novembre 1940

Si vous n'avez pas lu Courriers des villages, vous devez le faire immédiatement, sinon quelle joie vous perdez ! — et si vous avez eu le plaisir de les lire, eh bien ! vous devez les relire... Il y a là un lyrisme, une plénitude cosmique, un sens du rythme et de l'image, un grand vent de passion qui souffle sur les terres aux lueurs changeantes de l'esprit ou du cœur, qui vous ravissent et vous mettent hors de vous-mêmes. Telle est la vertu des poètes. Quel relief, quelle concision, quelle perspective de l'œil et de l'intelligence !

Guy Sylvestre
Le Droit - 28 décembre 1940

Publié avec des bois gravés de Rodolphe Duguay, le bouquin de Clément Marchand offre au lecteur attentif

l'une des œuvres les plus sensibles, les plus attachantes
et les plus humaines de notre littérature.

Lucien Desbiens
Le Devoir

Tout cela est suave comme la campagne, réel comme
la sève qui monte, ensoleillé comme un midi de plomb.
Tout cela respire, a une âme, un visage ; tout cela vit
profondément. Le tableau est de main de maître.

Roger Brien
Mes fiches - février 1942

Courriers des villages nous réconcilie avec le terroir
et nous repose des ouvrages mal fichus dont on nous
assomme d'une semaine à l'autre. Il fait tomber quelques
illusions sur la sainteté de la race, mais il nous donne la
satisfaction rare de goûter un beau chef-d'œuvre canadien, écrit autrement qu'en iroquois.

Émile Bégin, prêtre
L'Enseignement secondaire - mai 1941

Marchand fait penser à Flaubert, à Maupassant, à
Daudet des Lettres. La langue est nourrie, la phrase cursive
et drue. La facture est sévère. On sent un auteur qui se
restreint continuellement par crainte des longueurs et de
la banalité... En des pages perforantes à la Duhamel, il
peint ses paysans dans toute leur complexité.

Lionel Dessureaux
Le Droit - 25 octobre 1941

Clément Marchand joint à une observation minutieuse un sens du raccourci qui en fait un des maîtres de
la nouvelle. Ses histoires ont le contour net d'un récit de

Maupassant réécrit par Pourrat. Son vocabulaire est rapide, ses mots sont denses, ses expressions délicieusement campagnardes. Il ne manque jamais son coup. Tout au plus pourrait-on discuter sur l'emploi, au point de vue couleur locale, du mot pimbina.

Marcel Raymond
La Nouvelle Relève - janvier 1941

Ce livre m'a replongé dans mon passé, dans mon jeune temps, où je rencontrais des hommes, où je voyais des scènes comme celles que peint ici Clément Marchand, et dire qu'il a eu la bonne fortune de décrocher, pour l'orner, s'il en était besoin, des belles gravures de Rodolphe Duguay.

Arthur Maheux, prêtre
Le Canada français

Parmi les contemporains, je signale Clément Marchand dont les Courriers des villages ont révélé un prosateur qui allie la finesse de l'observation à une langue élégante et musclée.

Roger Duhamel
Le Devoir - 8 mars 1948

Journaliste, Clément Marchand donne des tableaux à la Flaubert, où la description forte fait surgir tout d'un coup les objets devant nous. Poète, il met autour des choses le halo qui estompe leur contour. Poète, son impression personnelle sait leur donner une âme.

Paul Gay, prêtre
Le Droit - 1er décembre 1962

À mon avis, le drame le plus fort de ce quatrième volume de *l'Anthologie de la littérature québécoise* est encore une scène paysanne, celui du cochon qu'on égorge dans ce chef-d'œuvre qu'est « La boucherie ». Je me souviens qu'Hertel plaçait très haut l'art de Clément Marchand, et j'ai été heureux de le retrouver ici dans sa splendeur animale.

Jean Éthier-Blais
Le Devoir - 26 avril 1980

Voici donc un univers bien particulier qui nous rappelle les misères des campagnards et des citadins d'autrefois, une langue précise où les mots sont aussi durs que la vie qu'elle décrit. On dirait que Marchand s'est acharné à faire mentir tous ses devanciers qui avaient chanté la vie idyllique de la campagne canadienne-française jusqu'en 1940.

Adrien Thério
Lettres québécoises

Si l'œuvre de Clément Marchand n'est pas nombreuse, elle est d'une qualité exceptionnelle et fut marquante dans notre littérature.

André Gaudreault
Le Nouvelliste - mai 1985

Des récits dont le style et la langue ne sauraient vieillir.

Jean Panneton
Allocution lors de l'attribution
du Prix littéraire de Trois-Rivières 1985

La paysannerie que ressuscite Marchand dans Courriers des villages semble sortie des toiles du vieux maître
Breughel. Même don de la vie. Il se laisse séduire par la
luxuriance et la fécondité de ce terreau humain. Jamais
chez nous une pareille galerie de types paysans n'avait
été mise en montre. Marchand campe ses types en quelques
lignes, de main de maître. Il a un tel sens de l'image et
du rythme, une telle sincérité d'émerveillement, une telle
plénitude de sentiment qu'il porte un des plus grands
tempéraments de poète que nous ayons.

Samuel Baillargeon
Littérature canadienne-française, p. 468

Comme il les a aimés ces paysans, qu'il a modelés
d'après nature car il les a vus vivre, il les a observés et
aimés, et parfois enviés dans leur pittoresque refuge... Ces
scènes champêtres et bien humaines, il les a maintes fois
évoquées et avec quel profond sens de l'humaine nature...
Même si son œuvre littéraire n'est pas considérable en
pages publiées, si peu de titres de livres portant son nom
garnissent les rayons des bibliothèques, il lui restera cette
couronne que bien peu d'écrivains de chez nous pourraient
lui ravir... il a travaillé à façonner notre littérature telle
que nous souhaitons qu'elle devienne, c'est-à-dire le véritable reflet de notre identité propre.

Raymond Douville
En vrac - n° 24, juin 1985

Replacées dans le contexte de leur parution (le début
des années 40), les nouvelles surprennent par la vigueur
de leur réalisme, comparable à celui d'un Albert Laberge,

et la saveur de leur écriture, qui conjugue la vivacité de la prose journalistique et la rigueur du travail littéraire soigné. Clément Marchand excelle dans l'évocation des violences de la vie paysanne, égorgement du verrat, vol sordide, glissement de terrain...

> André Brochu
> *Voix et images* - hiver 1985

Tous nous admettons dans notre galerie intérieure des figures plus ou moins mythiques, qui sont comme des images embellies de ce que nous sommes ou de ce que nous voudrions être. Clément Marchand, pour moi, est de celles-là.

> François Ricard
> *Lettres québécoises* - automne 1985

Ce qui retient l'attention parmi les commentaires qu'ont provoqués, à leur parution, les Courriers des villages, c'est l'originalité que l'on s'accorde à reconnaître à la plume de leur auteur... On évoque volontiers Flaubert, Maupassant et Daudet pour souligner la manière réaliste des petits tableaux finement observés et rendus dans une justesse de ton dont la précision du mot et la réserve de sentiment renferment peut-être le secret...

L'écriture ferme et narquoise de l'excellent chroniqueur des *Courriers,* sa prose exacte et un rien désobligeante tendaient plutôt vers l'ironie que vers la consolidation des valeurs rurales. Ce qui mobilisait son attention si aiguë portée aux moindres signes d'un univers finissant, c'était justement la fin du village, son éternité n'étant aperçue qu'à la trouble évidence de sa disparition et de son enlisement tragique dans le mutisme et la routine. La vision de ce livre désabusé pointait vers l'avenir ou plutôt vers l'inquiétude de l'avenir, c'est-à-dire dans un sens tout opposé à celui qui faisait l'attendrissement ému et nostalgique d'un bon nombre de ses lecteurs, car ces pages n'appartiennent au terroir que pour s'en détacher, avec tout ce que cela implique bien sûr de respect et de lucidité. Moins blasphématoire que celle d'Albert Laberge, moins lyrique aussi que celle de Guèvremont, moins cynique que celle de Ringuet, la voix de Clément Marchand articulait une parole aux accents plus subtils qui trouva peu de résonances dans la mentalité de l'époque, en dépit de la bénédiction critique, peut-être plus réductrice que véritablement perspicace. On s'empressa de louer pour ne pas avoir à lire un message qui eût pu troubler, qui de fait interrogeait profondément. La silencieuse carrière de l'auteur s'explique sans doute bien plus par ce porte-à-faux engendré dans un milieu encore monolithique, que par des éléments de personnalité.

Réjean Beaudoin
(Relecture, Radio-Canada 1981)

OEUVRES DE CLÉMENT MARCHAND

LIVRES

Courriers des villages, contes, Librairie d'Action c.-f. (Les Oeuvres d'Aujourd'hui, no 1), 1937. Trois-Rivières, Éditions du Bien Public, 1940, 232 pages. Montréal, Éditions Stanké, Collection Québec 10/10, no 79, 1985, 256 pages.

Les Soirs rouges, poèmes, Trois-Rivières, Éditions du Bien Public, 1947, 224 pages. Montréal, Éditions Stanké, Collection Québec 10/10, no 80, 1985, 216 pages.

Nérée Beauchemin, présentation, choix des poèmes, annotations, Montréal, Fides, Classiques canadiens, 1962, 96 pages.

Le Choix de Clément Marchand dans l'œuvre de Clément Marchand, Québec, Les Presses Laurentiennes, Collection Le Choix de..., 1983, 80 pages.

Le choc des idéologies, dans « De la philosophie comme passion de la liberté », (Hommage à Alexis Klimov), Québec, Éditions du Beffroi, 1984, 325-397.

PUBLICATIONS EN REVUES

Apprentissage de la vie, des hommes et des idées, discours de réception à La Société royale du Canada, Ottawa, Collection « Présentation », no 5, 1947-1948, 59-69.

Tendances de la jeune poésie au Canada français, Ottawa, Mémoires de la Société royale du Canada, tome LIV, troisième série, juin 1968.

Présentation de Claude-Henri Grignon à la Société royale du Canada, Ottawa, Collection « Présentation », no 16, 1962.

Présentation de Alexis Klimov à la Société royale du Canada, Ottawa, Collection « Présentation », no 38, 1983.

Des essais, des poèmes, des contes et des nouvelles ont paru dans Le Bien Public, Le Nouvelliste, Le Droit, Le Devoir, l'Action, Le Soleil, La Tribune, L'Ordre, La Renaissance, Le Jour, La Revue Populaire, La Revue Moderne, Le Samedi, Candide, Notre Temps, Bas-reliefs, Les Pages Trifluviennes, Horizons, La Revue dominicaine, Amérique française, Les Idées, Gants du ciel, L'Action nationale, Le Canada français, L'Enseignement secondaire, Le Ralliement, L'Almanach trifluvien, Visages de la Mauricie, L'Almanach Saint-François, Paysana, Qui ?, Les Carnets viatoriens, Mémoires de la Société royale du Canada, Liaison, Reflets, En tête, En vrac, Lettres québécoises, Écrits du Canada français, Estuaire.

RADIO

Le vieux lien, Radio-Canada (Je me souviens), 16 mai 1942.

Chacun son destin, radio-théâtre, cinq épisodes, musique de scène de Hector Gratton, juin-juillet 1943.

Courriers des villages, dramatisation radiophonique de huit contes, lecteur Albert Duquesne, Radio-Canada, juillet-août 1942.

Les Soirs rouges, version radiophonique, dix émissions, Radio-Canada, été 1944.

ÉTUDES SUR CLÉMENT MARCHAND

Claude-Henri GRIGNON, « Le numéro un ou le douloureux effort », *Les pamphlets de Valdombre,* Sainte-Adèle, janvier 1938, 52-74.

Adrienne CHOQUETTE, « Clément Marchand », *Confidences d'écrivains c.-f.,* Trois-Rivières, 1939, 157-166.

Claude-Henri GRIGNON, « Clément Marchand, peintre de la campagne », Sainte-Adèle, *Les Pamphlets de Valdombre,* novembre-décembre 1940, 226-238.

André LAURENDEAU, « Courriers des villages », *L'Action,* Québec, 27 novembre 1940.

Guy SYLVESTRE, « Une heure avec Clément Marchand», *Le Droit,* Ottawa, 25 octobre 1941.

Arthur LAURENDEAU, « Courriers des villages », *L'Action nationale,* Montréal, janvier 1941, 72-80.

Albert TESSIER, « Présentation de Clément Marchand », *Mémoires et comptes-rendus de la Société royale du Canada,* no 5, Ottawa, 1947-1948, 52-57.

Samuel BAILLARGEON, « Clément Marchand, un Brueghel trifluvien », *Littérature canadienne-française,* Montréal, Fides, 1957, 416-419.

Jacques BLAIS, « Poésie et revendication », *De l'Ordre et de l'Aventure,* Québec, PUL, 1975, 177-181.

Guy SYLVESTRE, « L'apport poétique de Clément Marchand », *Le Droit,* Ottawa, 25 novembre 1941.

Réal SAMSON, « Clément Marchand ou l'histoire d'un écrivain resté fidèle à son milieu », *Le Nouvelliste*, Trois-Rivières, 27 août 1977.

Réjean BEAUDOIN, « Clément Marchand », *Relecture*, Radio-Canada, Montréal, 1981.

Jean ROYER, « Clément Marchand, le prix de la solitude », *Écrivains contemporains, entretiens 2*, Montréal, L'Hexagone, 1983, 140-149.

Richard GIGUÈRE, « Les Soirs rouges », *Exil, révolte et dissidence*, Québec, PUL, 1984, 39-45.

Claude BEAUSOLEIL, « Les mots rouges », *Les livres parlent*, Trois-Rivières, Écrits des Forges, 1984, 168-169.

Victor-Lévy BEAULIEU, « La leçon de monsieur Marchand », *Le Devoir*, Montréal, 6 octobre 1984.

André GAUDEAULT, « Clément Marchand, l'œuvre et la critique », *Le Nouvelliste*, Trois-Rivières, 11 mai 1985.

François RICARD, « Hommage à Clément Marchand », *Lettres québécoises*, Montréal, été 1985.

Adrien THÉRIO, « Clément Marchand, interview », *Lettres québécoises*, Montréal, été 1985.

En manuscrit

Jeannine THIFFAULT, « Style et valeurs expressives dans Les Soirs rouges », *Mémoire, maîtrise ès arts (Lettres)*, Trois-Rivières, UQTR, 1983, 220 pages.

TABLE DES MATIÈRES

DOSSIER:

Roch CARRIER
La trilogie de l'âge sombre:
  1. La guerre, yes sir ! (33)
  2. Floralie, où es-tu ? (34)
  3. Il est par là, le soleil (35)
La céleste bicyclette (82)
La dame qui avait des chaînes aux chevilles (76)
Le deux millième étage (62)
Les enfants du bonhomme dans la lune (63)
Il n'y a pas de pays sans grand-père (16)
Le jardin des délices (70)
Jolis deuils (56)

Pierre CHÂTILLON
La mort rousse (65)

Marcel DUBÉ
Un simple soldat (47)

Gratien GÉLINAS
Bousille et les justes (49)
Tit-Coq (48)

Claude-Henri GRIGNON
Un homme et son péché (1)

Lionel GROULX
La confédération canadienne (9)
Lendemains de conquête (2)
Notre maître le passé, *trois volumes* (3,4,5)

Jean-Charles HARVEY
Les demi-civilisés (51)
Sébastien Pierre (78)

Claude JASMIN
Délivrez-nous du mal (19)
Éthel et le terroriste (57)
La petite patrie (60)

Albert LABERGE
La scouine (45)

Achevé   Imprimerie
d'imprimer Gagné Ltée
au Canada Louiseville